講談社文庫

変《ヘン》愛《アイ》小説集

日本作家編

岸本佐知子 編

川上弘美｜多和田葉子｜本谷有希子｜村田沙耶香｜吉田知子｜
深堀 骨｜安藤桃子｜吉田篤弘｜小池昌代｜星野智幸｜津島佑子

講談社

目次

変愛《ヘンアイ》小説集　日本作家編

前口上

岸本佐知子

数年前に『変愛《ヘンアイ》小説集』という翻訳アンソロジーを編みました。英語圏の作家たちによる、文字通り「変な愛」を描いた小説ばかりを集めて訳した本です。たとえば近所に生えている木に死ぬほど恋してしまう女の話。あるいは妹の部屋にあるバービー人形と真剣交際する少年の話。可愛さ余って若い男の子を丸ごと呑みこんでしまう女の話。恋人が乗っている飛行船をどこまでも追いかけていく話。等々。

そんな本を作ろうと考えたのは、そもそもは、この世を支配している「恋愛《レンアイ》至上主義」に、ちょっと反発してみたい気持ちがあったからです。ふつうの恋愛の美的基準から大きくはみ出した、グロテスクだったり極端だったり変てこだったりする物語を集めて、世の恋愛大好きなみなさんの眉をひそめさせてやりたい、と。

ところがそれらを並べてみると、この変な愛たちは、じつは究極の純愛であることに気づいてしまったのです。作家たちは、べつに最初から変なものを書いてやろうとしてこれらを書いたわけではない、と思います。恋愛というものの形を追求していくうちに、こんな変な物語ができあがってしまったのです。その純粋な姿をつき詰めて描こうとすればするほど、グロテスクな、極端な、変てこなものになっていく。もしかしたら恋愛とはそういうものなのかもしれません。

変愛《ヘンアイ》は純愛《ジュンアイ》。そういう目であらためて見まわしてみると、海外の作品のみならず、日本の作品にも、すばらしい変愛《ヘンアイ》小説がたくさんあることに気がつきました。

ちょっと振り返ってみただけでも、日本の名だたる作家たちの作品のなかには、変《ヘン》愛《アイ》としか言いようのない名作がたくさん見つかります。たとえば、泉鏡花の「外科室」。何年も前に、たった一度目を見交わしただけで恋に落ちた医師に、伯爵夫人が麻酔なしでの手術を乞い願います。あるいは、川端康成の「片腕」。美しい女性から借り受けた彼女の片腕と、男が一夜を共にします。谷崎潤一郎の「富美子《ふみこ》の足」は、妾の美しい足に踏みつけられながら絶命することに無上の幸福を見いだす老人の話。芥川龍之介の「好色」では、自分につれない仕打ちばかりする女への思いを断ち切ろうとした色男が、女の糞を見てやろうとするのですが、その目論見《もくろみ》すらも逆手に取られて、とうとう絶望と憧れのうちに命を落とします。いや、そもそもその「好色」も、『今昔物語集』のなかの説話の一つを下敷きにしているのではありませんか。そう。考えれば考えるほど、ここ日本こそが世界のヘンアイの首都であると思えてくるのです。

同時代の作家さんたちの作品を見まわしてみても、唸《うな》るような変愛《ヘンアイ》物件がひんぴんと見受けられます。

そうした小説に出会うたびに、私はついつい「ああ、これを訳したい！　訳して『変愛《ヘンアイ》小説集』に入れたい！」と思ってしまいます。思ってから日本語で書かれた作品であることを思い出し、地団駄を踏むのです。

日本語で書かれた作品だけで、日本の『変愛《ヘンアイ》小説集』を編むことができたら。しかも、まだ誰も読んだことのない、書き下ろし作品でそれができたら。そんな私の密かな願いを、このたび叶《かな》えてもらいました。

ここに作品を寄せていただいた作家のみなさんは、私が日頃からひそかに、すばらしい変愛《ヘンアイ》小説の書き手としてお慕い申し上げている方々ばかりです。

書き下ろしをお願いするにあたって、こちらからは何も注文はしませんでした。ただ、愛について書いてほしいとだけ思いました。そうして集まった作品は、どれも私の期待をはるかに超えて変てこだったりグロテスクだったり極端だったりする、素敵に純度の高い愛の物語になりました。不思議な形の性愛があります。病としての愛がありま す。見たこともないような生殖です。愛が物に形を変え、愛が人の形を変えます。そもそも人間ですらありません。どれもこれも、愛を通して異界に行く、あるいは異界の向こうに愛が待っている話です。

いま私はこのすばらしい変愛《ヘンアイ》たちを読みながら、床をごろごろ転げまわってこう叫んでいます。**「これぜんぶ訳してぇぇぇぇぇ！」**

形見

川上弘美

今日は湯浴みにゆきましょう、と行子さんが言ったので、みんなでしたくをした。白いガーゼのうすものをはおり、子供たちの手をひき、石だたみを踏んで、川までの五分ほどを列になって歩いた。石だたみの石は、ところどころがはがれている。先頭にたつ千明さんが時おりかがんで、はがれた部分のまわりに散っている細かく粉砕されたくずを、てのひらにすくう。

「このあたりは、まだいいのよ」

行子さんが、とりなすように言った。千明さんはうなずく。

「そうね、この町はしっかりしているから」

うすものをかき寄せるようにして、千明さんは足をはやめた。川の音がする。梢ごしに湯気がみえる。天然の湯場なのだ。

静かに身をしずめ、体をあたためた。うすもの越しに、それぞれの乳房や白い腹が透けてみえる。足湯だけの者もいれば、首までしっかり沈んでいる者もいる。いちょうにうっすらと上気し、そのうちに汗がにじんでくる。

子供たちは子供たちだけでかたまって、少し離れた浅瀬で湯をはねかしている。はしゃぐ子供たちの声が、川面を渡ってゆく。

川のずっと向こうの方を、何かの動物が泳いでゆくのがみえた。こほ、と、千明さんが小さく咳こんだ。そろそろ上がりましょうか。誰かが言った。うすものをはおったまま湯から上がり、したたる雫をこぼしながら、戻った。行きは乾いていた石だたみが、帰りの列が通った後は、巨大な蛇が通った後のように、しばらくの間濡れていた。

わたしが結婚したのは、五年前だ。

夫は恰幅がよくて大柄だ。女としては大柄なわたしだけれど、夫に抱きしめられると、厚地の布にきれいにくるまれたような具合となって、とても心地いい。

夫は、町はずれにある工場に通っている。どの町にもあるような工場だけれど、実は国内でもこの工場は格別にレベルが高いのだという噂を聞いたことがある。行子さんは笑って否定するけれど。

「どこだって、同じよ。だって技術は同一のものなんだから」

技術が同じでも、しくみが同じでも、働いている人たちの技量で、つくられるものの品質は違ってくるのではないのかしら。いつか夫に言ったら、嬉しそうにうなずいていた。

週に何回か、わたしは夫のことを、大好きだと思う。自分の、夫への思いをそうやって確認すると、ほっとするし、また同時にそこはかとなく不安にもなる。

夫が働いている間、わたしは子供を育てる。

子供たちは、よく走りまわる。ついてゆくのに息ぎれしてしまうと、行子さんはこのごろよく言う。前は行子さんが先頭にたって、子供たちと一緒に遊んでいたのに。町のまんなかにある広い公園で、わたしたちは子供を遊ばせる。

公園には、噴水と、ちょろちょろ小川と、ジャングルジムと、砂場と、小さな回転木馬がある。回転木馬に乗れるのは、幼稚園にあがってからである。だから子供たちは、幼稚園に入園すると勇んで木馬にまたがり、何回もまわってみせる。けれどそのうちに飽きて、鬼ごっこやら缶蹴りやらおままごとやらのいつもの遊びに戻ってゆく。

回転木馬の係員は、かなり年のいった男だ。もう七十は過ぎているようにみえる。町の北の方に住まいがあるのだと、いつか教えてくれた。つれあいは、もういないという。

秋ごろになると、回転木馬に乗る子供はほとんどいなくなる。しんと静まった回転台の横で、係員は静かに座っている。ごくまれに、気まぐれで木馬に飛び乗ってくる子供がいると、係員は回転台の横手にすえつけてある大きなジャッキのようなものをぐいと引く。台が、ゆっくりとまわり始める。気の抜けた音楽が流れだす。ぴったり八回転すると、台は止まる。子供はつまらなさそうに木馬から降り、振り向かずに砂場へと駆けてゆく。

千明さんは、結婚を三回している。最初の夫は結婚後五年で亡くなり、次の夫は十年一緒にいたが最後はやはり病気になって亡くなり、今の夫とは去年婚姻届を出したのだという。

「入籍しなくても、いいのに」

行子さんはこっそり言っていたけれど、わたしは千明さんの気持ちがわかるような気がする。もちろん入籍したからといって、何かが変わるわけではない。二人で共に暮らし、静かに年老いてゆくだけだ。

「一緒に過ごした時間があったっていう、しるしのようなものが、欲しいのかしら」

そう言うと、行子さんは少しさみしそうに笑った。

「そうかもしれないわね」

わたしは夫とは入籍していない。夫が、気が進まないと言うので。

「ぼくは、どうやら長生きしそうだから」

夫は言う。

「わたしは？　わたしは、あんまり生きないかしら」

聞くと、夫は肩をすくめた。

「わからないよね。誰にも、それはわからない」

夫は千明さんと同じで、今までに三回結婚している。わたしは二回。夫の妻たちも、わたしの夫たちも、すでに亡くなっている。わたしは持っていないが、夫は三人の妻たちの形見を、ちゃんととってある。それらは、脱脂綿が平らに敷かれた小さな三つの箱に、ていねいにおさめられている。

今まで何人の子供を育ててきたのだろうと、時おり指をおる。

ひい、ふう、みい、よ。名前をはっきりと覚えている子供だけでも、十五人以上いる。覚えていない子供まで入れると、ゆうに五十人は育てたろうか。

子供たちの成長は、早い。幼稚園に上がるのに四年も五年もかかる子供はまれで、短い子になると生後三ヵ月でじゅうぶん幼稚園に通えるようになる。

幼稚園に入れれば、もうほとんど手は離れる。十五人の、名前はちゃんと覚えているけれど、大人になってしまった子供と会った時に、すぐにわかるかどうかは自信がない。

この前、成人したとおぼしき子供が訪ねてきた。

「お母さんですね」

子供は言い、花を差し出した。工場のすぐ近くの丘に生えている白いこまかな花だ。

「つんできました」

照れたように、子供は言った。名前を思い出せなくて、しばらく躊躇していたら、自分から名乗ってくれた。

「卓です」

「ああ」

最初の、子供だった。こんなに大きくなっちゃって。思わず手をとると、子供は柔らかく握りかえした。

「今度、結婚することになりました」

「そう」

「ぼくはいつ、お母さんの子供だったんですか」

「それは、教えてはいけないことになっているでしょう。それに、こうやって来るのだって」

あたりをそっと見回したけれど、見とがめる人はいない。今日は行子さんの姿もみえない。卓の胴体に腕をまわし、ぎゅっと抱きしめた。わたしが育てた、最初の子供。かたくて温かい筋肉が、腕の下に息づいていた。

「おめでとう」

小さく言うと、卓はにっこり笑い、頭を下げた。よかった、会えて。卓は言い、わたしを抱きかえした。なごり惜しそうに、卓は振り向き振り向き、帰っていった。

工場は、どう。

夫に聞く。夫は、うん、とも、ううん、とももとれるように肩をすくめる。

この町の工場は、二百年ほど前にできたという。よその町の工場も、同じようなものだ。日本で一番古い工場は、千年ほど前に東京につくられたと聞くが、もう今はない。さらに以前は、日本と朝鮮半島はもっと離れていて、今のように海中トンネルでつながってはいなかった。オセアニアももっと南にあって、アメリカ大陸はきれいに南北にわかれていた。みんな、古地図を見るのが好きな夫から教えてもらったことだ。

ずっとずっと昔は、どんなだったの。

夫に聞くと、夫は首をふる。わからないよ。どこにも記録されていない。たぶん、知ってはいけないことなんだろう。

知ってはいけないことが、この世にはたくさんある。あなたは、少し知りたがりね。いつか行子さんに注意された。もちろんそれは、悪いことじゃないわ。人は知識欲を持たなきゃね。人生はそんな長くないんだから。

工場では、食料を作っている。それから、子供たちも。

子供の由来は、ランダムだ。牛由来の子供もいれば、鯨由来の子供もいれば、兎由来の子供もいる。

「どうして、人間由来の子供を作らないの」

「少しは、作ってると思うよ」

夫は答える。

「でも、人間由来の基幹細胞は、弱いんだ」

「そうなの」

「人間由来の人から採取した細胞は、なぜだか突然変異率が高くて、なかなか子供の製造がうまく行かない」

「ふうん」

自分が何由来の人なのかを知ることは、できない。大昔の人たちも、こんなに知ってはいけないことの多い世界に生きていたのかしらと、思う。

「ねえ、妻たちの形見、見せて」

夫に頼んでみる。

夫は、うん、と言って、箱を持ってきてくれる。

最初の妻は、鼠《ねずみ》由来。次の妻は、馬由来。そして三番めは、カンガルー由来だと、前に夫は教えてくれた。

箱に入っている形見は、どれも骨だ。頸椎のすぐそばにあるというその小さな骨は、なぜだか由来の動物の頭蓋骨のかたちと相似になる。実際の頭蓋骨よりも、むろんとても小さい。死後、工場で身体を焼却粉砕する前に、希望すれば相似骨をもらえる。死んではじめて、その人が何由来だったかがわかるのである。

馬由来の妻の相似骨が、わたしはいちばん好きだ。眼窩と鼻先がすうっと離れていて、今にもお喋りしだしそうに思える。

「どの妻が、いちばん好きだった」

「君だよ」

わたしがもし夫より先に死んだら、夫はわたしの相似骨も、四番めの箱におさめるのだろうか。それはなんだか、いやだなあと思う。

「今までの妻たちと同じは、いや」

夫に言ってみる。夫はほほえみ、

「そうだね。考えておくよ」

と答えた。

それなのに、夫はあっけなく死んでしまった。

工場の窓口に申請して、相似骨をもらった。図書館に行き、図鑑で調べてみると、それはイルカの頭蓋骨とよく似ていた。

「イルカ　平均寿命四十年」

泳いでいるイルカの写真の隣に、そう書いてあった。夫は五十歳くらいにみえたから、イルカ由来の人としては、長生きだったのだろう。

しばらく、何もする気にならなかった。

「子供たちのためにも、いつまでもくよくよしていちゃだめよ。あなたの死んだ夫だって、きっとそう思ってるわ」

行子さんは、はげました。でも、子供を育てる気力もわかない。

「子供なんて、面倒なだけじゃない」

「何言ってるの」

行子さんに一喝された。子供がいなくなったら、世界は終わってしまうのよ。子供を作って、育てて、それによって多様な生物の遺伝子情報を保持して、それでこの世界はもってるんじゃない。

行子さんの言っている意味が、よくわからない。もちろんそれは、子供の頃から毎日耳にたこができるほど言い聞かされてきたことだ。でも、意味がわからない。

「ねえ、人は、どこから来たの」

千明さんに聞いてみた。二人だけで、湯浴みに行きませんか。そう誘ってみたのである。行子さんとは、顔をあわせたくなかった。

千明さんは快く承諾してくれた。二人でうすものをはおり、川まで歩いた。千明さんは、口ずくなだった。死んだ夫のことも、子供たちのことも、何も言わなかった。そのことが、ありがたかった。

川面に、泡が浮いてくる。うすく湯気がたっている。二人で無言で長く湯に沈んでいた。汗がひたいにもこめかみにも首すじにも流れたが、ずっとそのままでいた。

日が暮れはじめた。千明さんは静かに湯から上がった。胸も、腹も、桃色に染まっている。

「この前死んだ夫のことが、好きだったのね」

ぽつりと、千明さんは言った。うなずいた。すうっと、涙が流れた。目からも、鼻からも。

「ねえ、見る?」

千明さんは、川辺に置いてあった小さな手提げから、うすべったい四角い缶を取りだした。蓋を取り、見せた。

「これ、なあに」

「のどぼとけ。ヨーロッパでは、アダムの林檎、とも言うらしいの」

相似骨のような頭蓋骨のかたちとはまったく違う、蝶が羽を広げそこなったような形の小さな骨が、脱脂綿の上にはあった。

「人間由来の人は、相似骨がないの。だから、かわりに、人間由来の人に特徴的なのどぼとけの骨を、もらえるの」

工場から、この骨が送られてきた時には、びっくりしたわ。二番めの夫が人間由来だったなんて、思ってもみなかったもの。ずいぶん年とってたから、長生きの哺乳類だとは思っていたけれど。千明さんはひっそりとほほえんだ。

「ねえ、この町では、人間由来の人は、今までほんの十人くらいしか作られたことがないんですって」

「ほかの哺乳類は？」

「どんな少ない種でも、千人ずつはいるはずだって、最初の夫が」

千明さんの最初の夫は、副工場長だった。ふつうの人が知ってはいけないそんな情報を知っているのは、そのためだろう。

「ねえ、どうして工場では、人ばっかり作るの」

「あら、食料だって、作っているわ」

食料とは、つまり人以外のもののことだ。動物も、植物も、すべては工場で作られる。

「こうやって、作られて育てられて、つれあって、子供を育てて、そして死んでゆくだけのために生きてるなんて、へんじゃないのかしら」

「でも、そういうものなのだから」

千明さんは石だたみの減った部分を、指でゆっくりと撫でた。うすものの下の肌は、二人とももうほてってはおらず、しっとりと白い。

「この道は、千年より前からあるのよ」

千明さんは言った。

「それ、ほんとうなんですか」

「最初の夫は、そう言っていた」

「誰がつくったの」

「人間よ」

「何のために」

「知らないわ」

さっき湯浴みした川の底の、砂のことを思い出してみる。粉砕された骨は、川に流される。夫の骨も、そしてそのうちに自分の骨も、あまたの砂粒に混じって、女たちの足の裏で、これからも踏まれてゆくのだ。

小さな舟で川を下った男と女のあの物語が好きなのだと、行子さんは言う。

「少し、意外です」

「そうね。自分でも、意外」

それまでは誰一人として町を出ようと考えなかったのに、その男と女は舟で町を出てゆくのである。舟は海へと押しだされ、男と女は未知の大陸に流れつく。そしてそこで子供を育て新しい町を作ってゆく。

「神話なのよ、あの物語は」

千明さんがつぶやいた。神話って、なあに。神の話よ。神って、なあに。わからないけれど、工場みたいなものじゃないかしら。

さざなみのように、女たちの話はつたわってゆく。子供がいるっていうことは、その大陸にも工場があったのかしら。この町の工場とは、ずいぶん違う工場なのよ、きっと。見てみたいわね。でも川を下るのは、こわいわ。

子供たちの喚声があがる。大きめの子供が、溺れたふりをしてふざけているのだ。いけません。本当に溺れたら大変でしょう。行子さんが叱っている。

耳の長い動物が、向こう岸に近いあたりを泳いでいた。本来食料である動物だけれど、逃げだして川を泳ぎきったものだけは、屠《ほふ》られずにすむのだ。

「あの動物も、未知の大陸に流れつくのかしら」

「そうしたら、あの動物も神話の一部になるのね」

今日は、湯が熱い。耳の長い動物は、浮いたり沈んだりしながら、懸命に足を掻いている。夫の相似骨を、わたしはこの前こまかく砕いて、川に撒いた。骨はきらきらと輝き、こまかな粒として水にしばらく浮かび、やがて沈んでいった。神話よ。神話ですって。なんだか、おかしいわね。くすくす笑いながら、女たちがささやきあっている。

韋駄天どこまでも

多和田葉子

生け花をしていて、花が妙なモノに化けることもあるが、たとえばそれは草の冠が見えなくなってしまった時である。「化け花」はこわい。

趣味をもたなければどんな魅惑の味も未だ口に入らぬうちに人生を走り抜くための走力を抜き取られて老衰する、と言われて、東田一子は夫の死後、生け花を始めた。「イケバナ」という言葉のどこかそら恐ろしい響きのとおり、華道教室で植物の生首をちょんぎってから切り口を水に浸すと、花びらが低い男の声で「あ」と痛みを漏らし、薄い血が水面に大理石模様を描くことなどが一子も初めは苦痛だったが、優れた導き手である馬場先生のおかげで次第に華の道の明るさが分かるようになり、一寸先は闇と思われた東田一子の指先に小さな炎がゆらめき始めた。

生け花を始める前は短歌教室に通っていたが長くは続かなかった。毎回歌を一首出すようにと先生に言われるのがまるで「首をさし出せ」と言われたように恐ろしく、そのくらいなら花の首を切っていた方が楽だろうと思って趣味を乗り換えたのだった。

東田一子の死んだ夫という人は口数が少なく、ねばり強く、品格のある男だった。山が好きで病気知らずだったのに、いつの間にか胃癌にかかっていた。放射線治療を始める前に自分の生まれ育った家を久しぶりで見たいと言う夫といっしょに一子は新しい旅行鞄を買って普通列車を乗り継いで北へ向かった。夫の両親はとっくに引っ越してしまって、もうその家には住んでいなかったし、村の人たちも次々姿を消し、誰も住んでいないはずなのに、誰か通いで稲の世話をしている人がいるらしく、ちゃんと田んぼがあおい。誰も食べないお米なのに田園風景だけはある。夫婦はそこからなるべく近いところにあるホテルを捜して部屋を予約するため電話してみたが、すでに満室だった。かつて自分の住んでいた家を眺めるために集まってくる帰郷観光客たちで一杯だということだった。仕方なく、少し離れたところに新しく建ったホテルに部屋をとった。

夕暮れ時、お墓参りから帰った二人はホテルのレストランのテラスにすわってフランス料理の「おまかせコース」を注文した。「おまかせ」という言葉に一子は少しひっかかったが、自分で個々に料理を選択するより、受け身で最上の物が口に入る方が幸せだという錯覚に身を任せた。

やがて日が暮れて、カマンベールのような月が雲間にあらわれ、あおざめた田んぼを照らし出した。食べられない米を育てる根気はこの先何年くらい続くのだろう。汚染された環境下でも、除草剤の使用が禁止されて以来、雑草の伸びるのは早く、牙の形をした鋭い芽が稲に追いつき食いつく。いくら人間が苗から世話をして育てても田んぼはやがて雑草の海に埋もれてしまうだろう。この地に稲作が始まったのは六千年くらい前だろうか。月は田んぼよりずっと前から存在するが、滅ぼされる危険のないだけの距離を人間からとっている。「田に月と書いて胃か」と言ってふっと夫が笑った。

性格の穏やかな夫と東田一子は短大を出た春に性急なお見合い結婚をして、就職もしないうちに夫の職場の茨城に、東京下町のペットショップで買った柴犬を連れて引っ越し、夫婦と犬一匹から成る三角家庭を築いたが、その犬は人間の七倍の速度で老衰して世を去り、子供は生まれず、夫がいなくなると、一子は一人この世に残された。夫が残していったのは、「東田」という名字と、生活に困らないだけの保険金と、ローンを払い終わった家と一山の孤独だった。

何でもうんうんと聞いてくれる夫がいれば、面倒な友達づきあいなどしなくても孤独の虫にも孤独の狐にも襲われることなく人生最後まで無事たどり着けるだろうなどと気楽に考えて、人付き合いを億劫がっていたが、まさかその夫が存在しなくなる日がこんなに早く来るとは思ってもみなかった。

生け花教室に通い始めてからも、一子はみんなの様子を少し離れたところから見守っているだけであまり口をきかなかった。内気なのではなく、人の言葉に傷つくのが恐く、人の考えを読むのが面倒なのだった。

芸術家を目指しながら生活の糧を得るために生け花教室の講師をしている馬場先生は、通ってくる奥様たちにあまりに向上心や探求心が欠けていることに内心うんざりしていた。みんなが雑談に花を咲かせ教室が騒がしくなってくると、「口ばかり開けていると日が暮れて、いくら大きく目を開いても何も見えない夜が来ますよ。闇の中で花が見えますか」などと厳しく叱ることもあった。口、日、目、見、と漢字に線を足していくことで馬場先生はお説教の映像的クレッシェンド効果を狙ったのに、教室内を見渡すと誰もこの見事な技に驚く様子もなく、馬の耳に念仏、平気な顔で無駄話を再開し、教室はいつの間にかまた騒がしくなっている。こうして検定試験も批評会もなく、趣味の生け花教室はだらだらと続いていった。

ところがそんな中に野心的な生徒が一人だけいて、みんなが馬鹿話をしていても一人で目をつりあげて、中世の騎士がドラゴンと戦うように、目の前の花と格闘している。髪を振り乱し、右に左に身をかわし、鋏を振り上げ、思い切ってぱちんと切った途端、自分の指まで挟んで悲鳴をあげたり、花の首を無理に弓状に押し曲げた手をうっかり離してびしっと頬を鞭打たれたり、棘《とげ》を指に刺したり、悪戦苦闘の末、完成した自分の作品を優越感に満ちた目で睨み付ける。この人の名字は「出口」だったが、みんなは陰で「口出しさん」と呼んでいた。自分の花と戦っているだけならまだいいが、隣の人の生けている薔薇にまで、「バランスが悪い」などと口を出して嫌われる。稽古事で切磋琢磨するのはいいが、この人の場合はそれが切磋琢魔になってしまっている。出口さんは、「色彩感覚には自信があるの」、「手先には自信があるの」、「事務処理なら自信があるの」、「家事なら自信があるの」というように自信という言葉をよく使うが、それは常に謙遜を心がけて仲間はずれにならないように気を使っている人たちの眼には異様に映った。

生け花教室に休まず通ってくる東田十子という美しい女性がいた。一子はこの人のことがなんだか気になっていた。唇が石榴《ざくろ》の実のように赤くプチプチして、密生した睫《まつげ》の下で時々光る瞳は秘密を隠し持っているように見える。背骨が柔軟で、肩越しに振り返った時の姿が魅力的だった。腰まわりは引き締まっているが、他の女たちのように自虐的に痩せているわけではない。黒いストッキングに包まれたふくらはぎの筋肉は発達し、足首は細く引き締まっていた。陸上部にでも入っていたのかも知れない。口数は少ないが東田一子と同じでまわりの人たちをよく観察しているようで、人から人へ飛び移る好奇心に満ちた二人の視線が空中で出逢うこともあった。

時々、姉だという人がいっしょについてくることがあって、この人は東田十子を「てんちゃん」と呼んでいた。十歳ほど年上の姉はてんちゃんをお人形のように可愛がっていた。東田一子がその姉に、「どうして、てんちゃんなんですか」と聞いてみると、「だって数字の十は英語でテンでしょう。それに動物のテンと顔がどこか似ているでしょう」という答えが返ってきた。そう言われてみると、テンのように上品で少しおどけた可愛らしさがある。

ある時、一子が尿意を催して教室を出ると、前をてんちゃんが歩いていた。てんちゃんが廊下の角を曲がった。一子が続いて角を曲がると、てんちゃんの姿は消えていた。先は行き止まりで右奥にトイレがあったので当然、てんちゃんはトイレに入ったのだろうと思った。ところが女子トイレの個室の戸はすべて開いていて誰も入っていなかった。一子が教室に戻るとてんちゃんは教室で澄ました顔をして花の手脚を切っていた。

その夜、一子は変な夢を見た。裸のてんちゃんが四つん這いになってお尻を剝き出しにして左右に振っている。青い薔薇が数本、笑いながら風に揺れている。そのうち一本の薔薇が茎を曲げて、てんちゃんの股の間に無遠慮に花びらを突っ込んでにおいを嗅いだ。花のくせに人間の性のにおいを嗅ぐなんて。てんちゃんの肛門は紫色の薔薇でできていた。一子はすっかり感心してしまった。世の中こういうこともあるんだ。でも子供の社会科見学じゃあるまいし、勉強にはなるけれどいつまでも見学していてはいけない。それは分かっているのだけれど、一子は目を離せなかった。

一子は高校時代、化粧することも太股や腕を見せるような服を着ることもなかったが、実はまわりが思っているほど初心《うぶ》ではなく、性に貪欲な女たちの出て来る翻訳小説を読みあさり、性に関する知識を確実に蓄え、夜ごとに想像をめぐらし、結婚を楽しみにしていた。さっぱりした風貌の奥に性へのぎらぎらした好奇心を隠し持ち続け、新婚の夜には「待ってました」とばかりに新郎に覆い被さっていった。その後、夫と二人で夜の密度を深めていったのに、急に一人取り残されてしまって出所のなくなった熱をどちらへ向けたらいいのか分からないまま、捜すともなく何かを夢中で捜していた。

その日は仏滅だった。出口さんが、「今日は自信があるの」と真っ黄色の菊を睨んで宣言すると、東田一子はぎょっとして手の動きをとめた。きょうはじしんがあるの。一子はこの不吉なお告げを頭から追い出そうと、夢中で菊を生け始めた。窓から外を見ると空があざ笑うように青い。やがて花を生け終わり、先生になおしてもらって、生徒たちは次々教室を出て行ったが、一子はすぐには家へ帰りたくない気分だった。最後まで残ったてんちゃんといっしょに外に出て、「今日は散歩でもしたくなるようないいお天気ね」などと二、三言葉を交わした後、一子は勇気をふりしぼって、「お茶でも飲んでから帰りませんか」と誘ってみた。てんちゃんが全くためらう様子もなく、「そうしましょう。この近くにビブラートというお店があるのをご存じですか」と答えたので、東田一子の方がかえって不安になってしまった。てんちゃんはどうしてすぐに誘いに乗ったのだろう。一番恐ろしかったのは保険に勧誘されることだった。次に恐ろしかったのは新興宗教に勧誘されることだった。

てんちゃんは慣れた足取りで、ビルとビルの間の細い道を入っていった。開店までまだ何時間もある明かりの消えた飲み屋がしらけた顔を並べていて、野良猫がのんびり自分の尻を嘗《な》めていた。その路地を抜けて右に曲がって眼鏡屋や薬屋の前を通り過ぎ、アパートと駐車場の間の道を抜けてもまだビブラートという喫茶店に到着しないので一子は不安になってきた。小学校の校庭に沿って歩き、ガソリンスタンドを横切って住宅街を抜け、大通りに出た。占い師の机が出ていたが、占い師は不在だった。「喫茶店の**店**のまだれが落ちて**占**いになってしまった」と思って東田一子が溜息をつくと、「ビブラート」という看板が目の前に現れた。

喫茶店の中は薄暗く、まるでボタンをかけたブラウスの中側に入り込んでしまったようだと一子が思っていると、それはボタンではなく、壁に一列に仮面が掛かっているのだった。オセアニアのお面だろうか。楕円形のもの、羽子板のような形のものなど、図形なのか波なのか分からない不思議な皺のある顔をしている。一つだけ妙に出口さんと似た顔のお面があった。じっと見ていると、壁の向こう側から砂浜に打ち寄せる太平洋の波音が聞こえてきた。

「すわりましょう」と言われて一子は我にかえった。不規則な木目や木の枝の歪みをいかした椅子やテーブルが並んでいた。ふたりは向かい合って腰掛け、目を伏せて神妙にメニューを読み始めた。黒いエプロンを細い身体にきりっと巻いた若い男が注文を聞きにきた。東田一子は驚いたように顔を上げて、「ブラック・コーヒー」と言い、てんちゃんが、「わたしも」と続いた。「ブレンド・コーヒーでよろしかったでしょうか」とウエイターが訂正確認した。

東田一子は自分から誘ったのだから、おしゃべりで相手を楽しませなければならないと思ったが、実は全く自信がなかった。一方てんちゃんはのんびりした声で、「壁にかかっている土俗的なお面、面白いでしょ。フランス印象派の複製画には辟易していたところだから目が嬉しいのよね」とか、「コーヒーを飲むと肝臓が干からびて腎臓が馬鹿になるって姉が言うんで、なかなか飲む機会がないんです」とか、「この店は無花果《イチジク》とか甘蕉《バナナ》のケーキが美味しいんですよ」とか、高校生のように心に浮かんだことをそのまま口にした。一子はうまく受け答えできずに唾をのむばかりで、ケーキも本当は食べたかったのに注文し損ねた。

コーヒーが運ばれてきた。てんちゃんは、よく展覧会などにも出掛けるようで、数日前に、白血病にかかったたくさんの子供たちがお皿に描いた絵を展示した「百枚の皿」展や、珈琲豆の原産地に暮らす民衆の生活を写した写真展を観に行った話をした。「珈琲」の左側から、二人の王様を取り除いたら、「加非」になるし、「豆」に「首」を付けたら「頭」になる。そんな意味のないことを考えているうちに東田一子も自分の行った展示会のことを思いだし、「コーヒー豆を碾《ひ》く道具の展示会を前に観たことがあるんですけれど、木だけでなく石でできたものもありました。おいしそうですよね、石でコーヒー豆を碾きつぶす音と香り」などと言ってみた。するとそれに答えるように靴の下で床が臼のようにゆっくりと回り始め、壁に飾られたお面たちががたがたと音をたてて騒ぎ始めた。東田一子は「亡霊がお面に取り憑いた」と思って内心あわてたが、てんちゃんが変に落ち着いて見えたので自分だけ騒ぐのもおかしいと思って、「ただの地震でしょう」と声の震えを抑えて言った。コーヒーカップも亡霊に取り憑かれたようにテーブルの上で踊っている。こんなことならイチジクのケーキを注文して食べてしまえばよかった。イチジクってどんな漢字を書くんだっけ。初めの字は「舞」それとも「踊」？　もしも注文していたら、お皿の上で踊っていたかもしれないケーキ、舞っていたかもしれないイチジク。違う、違う、舞うことなんかない、迷うこともない。イチジクは「無」という漢字で始まるはず。足のついた牢屋みたいな「無」という字で。

壁の仮面たちは、ますます激しく壁を打ち、コーヒーカップたちがそれにあわせてかたかたタップダンスを踊った。床がまわって目がまわる。地獄のＤＪが町をレコード盤に見立てて指でまわしているのかもしれない。膝の上に置いたハンドバッグをぎゅっと握りしめて胸に押しつけているてんちゃんの身体が上下に動き始めた。東田一子は椅子の足を両手で摑んだが、椅子も悪霊に取り憑かれたように踊り出し、その上に乗った自分の身体を宙に放る。向かいにすわったてんちゃんも椅子ごとぴょんぴょん跳ねている。このままではいけない。どうやら出口さんの「きょうはじしんがある」という予報はみごとに当たってしまったようだ。

「ずいぶんしぶとい地震ね。まだ揺れてる」とてんちゃんが言った。ガラスのドアを通して、遠くに火の手が上がっているのが見える。地震だけならいいが、火事が加わったらどうなるのだろう。出口さんは、「かじならじしんがあるの」とも言っていた。ひょっとしたらそれは、「じしんならかじもあるの」の言い間違いではなかったのか。

ウエイターが四つん這いになって、細い身体を黒豹のようにうねらせて店を斜めに横切っていく。ドアの前まで来ると二本脚に戻ってドアを肩で押し開けて一目散に逃げていった。その時ガチャンと派手な音がした。カウンターの中からカップが一列になって飛び出してきて床に叩きつけられ、一斉に砕け散ったのだった。

東田一子が「出ましょうか」と落ち着いた声で言うと、てんちゃんは「そういたしましょう」ともっと落ち着いた声で答えた。店を出る時、二人はしっかり手をつないでいた。

外では一戸建ての小さな家々がコーヒーカップと同じように身体を左右に揺すって踊っていた。電信柱がゆっくりお辞儀して通行人に敬意を示し、続けて挨拶代わりにガラガラと屋根瓦が落ちてきた。二人は歩調がぴったり合っていて、まるで一匹の動物に属している四本の脚みたいだった。立ち止まると地面が足の裏でもだえる感触が気持ち悪いので、歩き続けているほうがずっとましだった。そのうち急に思いついたようにてんちゃんが「私のうち、この近くなんです」と言った。

地面はわがままで、踏みつけるとずれたり、へこんだりした。てんちゃんが前のめりに転びかけた時、一子は腕を引きちぎられそうになっても手を離さなかったので、てんちゃんは倒れなかった。

歩いているつもりがいつの間にか走っていた。軽やかに走っていた。自分はこんな風に走ることができたんだ、身体がとても軽い、と一子は思った。二人の呼吸はぴったり合っていた。そのまま真っ直ぐ走っていった。同じ方向に走っていく人たちの背中が遠くに見えた。

東田一子は一人ぼっちで走っている自分を思い浮かべるとぞっとした。「ああ、よかった、わたしには、てんちゃんがいる」と思って顔を見ると、てんちゃんが「あ」と大きな声を出した。二階建ての家がぐしゃっと傾いている。てんちゃんは東田一子の手を離し、失くさないようにと走り出す前に幼稚園児のように胸に斜めにかけたハンドバッグから携帯電話を出した。「姉さんから連絡が入ってる。みんな無事だって。誰も家にいなかったみたい。」一子はもっとくわしい状況を知ろうとしたが、その時、「この辺にいると危ない」と誰かが背後で太い声で言ったので、二人はしっかり手をつないで、とりあえず目的もなく、みんなの走っていく方向に走り始めた。不思議なことにみんな同じ方向をめざしていて、反対方向に走っていく人は見あたらなかった。息を切らして立ち止まった男がいたので一子が、「すみません。そちらの方向に逃げると何があるのですか」と訊くと、男は「さあ、わかりません」と答えてまた走り出した。一子とてんちゃんもしっかり手をつないだまま、うなずきあってまた走り出した。「規則正しく呼吸することが大切なのよ」とてんちゃんが陸上部の先輩のように確信を持って言った。一子は言われた通り呼吸に気をつけながら走った。ゆっくり走っているつもりだったが、二人はまわりの人たちをどんどん追い抜いていった。

先を走っていた数人が角を右に曲がったのが見えた。横道にバスが一台とまっていた。紺色の制服を着た男が白い手袋をはめた手をしきりと動かしながら、「さあさあ、みなさん早く乗ってください」と声を張り上げている。「この地区は危険ですのでバスで避難所に向かいます。乗車賃は必要ありません。みなさん乗ってください。」

東田一子とてんちゃんは顔を見合わせ、無言でうなずきあってバスに乗り込んだ。

二人がけの座席がとても狭く感じられ、二人はぴったりと身体を押しつけ合ってバスが走り出すのを待った。東田一子は排気ガスのにおいが苦手だったが、このバスはラベンダーのにおいがした。しばらくするとバスは満席になって走り出した。

窓際にすわった一子が首だけ少しまわして怖々外を覗くと、壊れた町の光景がカルタをめくるように次々視界に飛び込んできた。蜘蛛の巣状にヒビが入ったガラス戸。歩道に投げ出されたスポーツバッグからはみ出した血の付いたタオル。肌のきれいな背中の写真が踏まれて破れていた。マッサージ・サロンの看板が倒れたのだろう。歩道にころがった鳥籠はからっぽで、倒れた自転車のタイヤが勝手に回り続けている。売り物のシャンプーや石鹸が道に散らばっていた。

窓の外が暗くなってきた。初めに席についた姿勢のまま固まっていた東田一子が急に溶けてぐにゃっと身体を沈ませると、てんちゃんも緊張を解きほぐし、こんにゃくにもたれる豆腐のように一子に身を寄せた。空には月が二つ並んで出ていた。「あれってどういうことなのかしら」と東田一子が二つの月を指さして問うと、てんちゃんが笑って、「にくづき。肉付きがいい朋友ってことじゃないかしら」と応じた。見つめ合う二人の顔と顔の間は初め十センチくらい離れていた。それが九センチになり、八センチになり、七センチになり、どんどん距離が縮まっていった。てんちゃんは全

然エキセントリックなところのない女性だと思っていたら、**全然**の**然**に**火**がついて**燃**え出し、舌が**炎**になった。二人は舌の炎でフェンシングを始めた。そのうち舌はもつれあい、口の中に見え隠れし、二人は貪欲になってきて、夢中で相手の唇を食べてしまおうとした。お互いの口の中が宇宙で外の世界はその宇宙の大きすぎるミニチュアに過ぎないんだという気がしてきた。

バスは走り続け、話し声のしない暗い車内はそれでも人間の気配に満ちていた。カ行変格活用の鼾《いびき》をかいている人、汗をかいている人、携帯メールを書いている人。鼻と耳に多少の邪魔は入ったが、一子とてんちゃんは顔と顔をやさしくすりつけ合い、片腕を相手の胴に絡ませ、もう一方の手でお互いの身体を熱心に探り合った。二人ともこれまで他人の身体のそんな奥まで手をさしいれたことがなかった。たとえば「東」という字がそこにあれば、字の中まではいじらないのが漢字に対する礼儀というものである。ところが、てんちゃんは東田の「東」の字の口の中にまで手を突っ込んで、そこにある美味しそうな横棒をつかんで外へ引き出そうとする。「駄目よ、駄目よ」と一子はあえいだ。奪われたものを取りかえすために今度は一子が「てんちゃん」という可愛らしい渾名の裏に隠れた卑怯な十子の脚の交わったところに手をさしいれて、「十」の縦棒をつかんで揺らしながら引き寄せた。すると、固くはまっていたはずの棒がはずれて、てんちゃんは「う」と言って身をそりかえした。二人は、奪い、奪い合い、字体を変え、画数を変えながら、漢字だけが与えてくれる変な快楽を味わい尽くした。そのうちどちらが東田一子で、どちらが東田十子なのか自分でも分からなくなってきた。

そしていつしか激しい行為に疲れ、眠ってしまった二人の顔を時折ガソリンスタンドの光が物珍しそうに照らし出した。夜は壊れた町に紺色の毛布をやさしくかけたが、梟《ふくろう》のような目を閉じずに夜明けを迎えた人たちもたくさんいた。

眩しい太陽の光に驚いて一子が眼を醒ますと、てんちゃんの微笑がすぐ鼻先にあった。バスはやわらかく停止し、外に降りるよう指示があった。二人ともブラウスのボタンが上から半分はずれ、ブラジャーはだらしなくお腹に垂れ、剝き出しになった乳房の下ではずれたベルトが蛇になっていた。素早く服を整え、手をつないで二人はバスを降りた。まわりの人たちは髪の毛がくしゃくしゃだった。櫛のない世界の住人たちはこんな外貌《がいぼう》になるのかと一子は呆れてしまったが、もしかしたら自分の髪の毛も今そんな風なのかもしれなかった。もう鏡を重視するのはやめようと思うと、かえって身体が軽くなった。

バスから降りてきた男女は合わせて三十人ばかりいただろうか。パソコン売り場の似合いそうな店員、お揃いのトレッキングシューズをはいた白髪の夫婦、水玉模様の手提げを持った学生たち、ハイヒールを片方だけはいた厚化粧の女、眼帯をした背広姿の男、手袋をつけたままのタクシーの運転手、眼鏡の似合う女、ガソリンスタンドの作業服を着た青年など、様々な人間たちが二列になって校庭を横切って歩いて行くと、前方に巨大な体育館の扉が開いているのが見えた。中に入ると毛布が山積みになっていた。一子は急に寒さを感じて毛布に身をくるんだ。てんちゃんもすぐにそれを真似た。しばらくここに寝泊まりすることができるという説明があった。この学校は去年、生徒の数が急激に減って廃校になったらしい。

体育館の奥には段ボール箱が百個くらい積み上げてあった。ジーパン姿の男が二人、ナイフでその箱を次々あけていく。近づいてくる人たちに微笑みかけて、「どうぞ、中から好きなものを取ってください」と言った。もちろんそんなに早く支援物資が届くわけがない。前の地震の時に届いた物資だが、配給が間に合わなくてそのまま保管されていたのだそうだ。バーゲンセールのような光景が繰り広げられるのかと思って見ていると、取り合いになる気配は全くなく、むしろ遠い惑星から見たこともない工業製品を贈られたように、みんな困惑していた。セーター、クッション、帽子、スリッパ、置き時計、ラジオ、タオル、歯ブラシ、石鹸、ドライヤー、水筒、コップ、フォーク、スプーン、お皿、手提げ袋、ぬいぐるみ。自分たちがこれまでそういう物を必要だと思い込んで暮らしてきたことが一子には一瞬不思議に感じられた。脳が実用的に動き始めるまでしばらく時間がかかった。

体育館の床はよく磨かれていて、髪の毛一本落ちていなかった。一子とてんちゃんは毛布を並べて敷いてクッションを枕にし、枕元に目覚まし時計を置いて寝室をつくった。座布団を二枚敷いてラジオを置いて、摘んできたタンポポをコップにさして飾り、居間をつくった。大きなお盆の上に茶碗、箸、急須、湯飲みをのせて、そこで食事をしようと決めた。最後にそれらの部屋を囲むように箱を切り開いた段ボールを壁にして立てて洗濯ばさみで固定するとマイホームができた。一子とてんちゃんは所帯を持つことになった。「なんだかおままごとみたい」と一子が言った。「新婚夫婦みたい」とてんちゃんがはしゃいだ。

こうして体育館の中に、夫婦や独り者の所帯、学生たちの合宿部屋のようなものが次々できていった。体育館に備わっていたシャワーやトイレ設備は共同で使った。調理は昔ゴミ焼却に使っていた炉を使って交代に行うことになった。郷土博物館が巨大な鍋を提供してくれた。近くの農家の人たちが野菜を持って来てくれた。ビニール袋に入ったパンが大量に届いた。

数日後、洋服が何箱も届いた。一子はこれまで着たことのないような紫色の絹のドレスを着てみた。鏡がないので、別に自分らしくなくてもいいという解放感があった。てんちゃんは男物のオーバーオールを着て、野球帽を後ろ向きにかぶって笑った。「コスプレみたい」とてんちゃんが笑いながら言うので、「誰の役やっているの」と一子が訊くと、こともなげに「私の役」と答えた。

一子は幸せだった。朝から晩まで一人になることはない。いつもてんちゃんが近くにいる。野菜スープに食パンを浸して食べたり、雑草を摘んできて生けたり、水飲み場で洗濯した下着をクリスマスの飾り付けでもするように桜の枝に干したり、月を見ながらブランコにすわって差し入れのビールを飲んだり、何をしても楽しかった。もちろん吐き気のすることや涙のこぼれることもたくさんあったが、時間のふるいにかけられると、楽しかった思い出は数限りなく記憶に残り、悲しかった思い出は一つくらいしか残らない。その代わり、そのたった一つの悲しい出来事は、何十何百という楽しかった思い出を押しつぶしてしまうほど重かった。

避難している人たちを家族が次々引き取りに来て、体育館の中が寂しくなっていく中、ある晴れた日の午後二時頃、てんちゃんのお姉さんがスーツを着て背広姿の男性二人と小学生の男の子を一人連れて一台のベンツに乗って現れた。このお姉さんとは生け花教室でいっしょだったのに一子のことは思い出せないのか、それとも思い出したくないのか、顔を見ても無表情のまま挨拶もなかった。てんちゃんは姉の姿を見た途端、堰を切ったように泣き出して、三人に抱きかかえられるようにして車に乗り、そのまま連れ去られて行ってしまった。一度も振り向かなかった。その時は気が動転していたのかもしれない。でも、もし連絡する気持ちがあったら、この体育館の場所は分かっているわけだから、会いに来てくれるはずだった。一子は破けてしまった心をかたく凍らせて、待つのはやめよう、忘れよう、と決心した。翌日もその翌日も「待たない」自分の強い意志が自分の中にあるのを確認した。ところが何日たっても、待たない自分がしこりのように喉につかえて、待つのをやめているということが待っているのと同じだけの苦しさで一子を支配し続けた。

満月の夜、一子は胸の上に猫でも乗っているような圧迫感を感じて眼を醒ました。そのまま横になっていることができず、身体を起こし、運動靴をはいて、凍りつく校庭に出て夜空を見あげた。カマンベールのような月が出ていた。これは竹取物語ではない。天女が天に帰郷したわけではない。立ち止まっていると寒いので一子は走り出した。呼吸が乱れてくるのに合わせて、待つことを自分に禁じていた意固地がほどけてきた。待つことは悪いことじゃない。きっといつの日か、ちじょうで再会できる。

一子は走り続けた。自転なのか公転なのか分からない。頭上の月を意識しながら、はあはあと白い息を吐いて、校庭を二周、三周、四周まわってもまだ走るのをやめなかった。

藁の夫

本谷有希子

すぐ前を、彼女の夫がまるで伴走者のように軽快に走っている。彼の身を包んでいるのは、応援しているサッカーチームのユニフォームに、ハーフパンツ。スポーツショップで一緒に買ったスキンズで足首まで覆われているが、スニーカーとの隙間からは、乾いた藁《わら》が二、三本、はみ出ている。舗装された広くて気持ちのいい公園のランニングコースには、彼の走ったあとにだけおがくずのようなものがこぼれ落ちていたが、トモ子はそれをうまく避けながら、彼の声に耳を傾けた。

〈はい、背筋をちゃんと伸ばして。足はなるべくあげないように――擦《す》るように動かしたほうがいいよ。そのほうが疲れないからね。それから、脇はきちんとしめな。それから、お腹は突き出さないように〉

「うん」答えながら、トモ子はまずどれから意識したらいいのだろう、と思った。張り切って走り方を教えてくれるのは嬉しいが、そんなに一度にいろいろ言われると、かえって走り方が分からなくなるのに——彼女は笑ってしまいそうになる顔を引き締めて、夫の説明を聞き流しながら、頭上に伸びる木立の紅葉に意識をうつした。まるで瀟洒《しょうしゃ》な屋敷の廊下に敷かれた、どこまでも続く絨毯のようだ。緑。黄。赤。染まっていく時期が木ごとに違うらしく、三色の葉が同時に視界に収まって、なんとも贅沢な気分だった。

「ねえ、すごくきれいだよ。ほら」とトモ子が言うと、〈ほんとだ。来てよかったね〉と夫も顔を上げた。

「うん。連れ出してくれてありがとう」

〈気分転換しないと、パフォーマンスの質が落ちるってことは科学的にも実証されてるんだから〉

トモ子はリズミカルに両腕を振る夫の真似をしながら、自分のランニングウェアから伸びて動く、青白くてやせっぽちの細い腕を見た。確かにもっと運動しないと。このところ、仕事で家にこもり切りだったせいで、すっかり体力が落ちてしまっている。特に下半身の筋肉。衰えていることはうすうす自覚していたけれど、実際に走ってみると、まるで血の通わない細い棒切れを引きずっているみたいだ。

そのことを話すと、夫は〈足の筋肉は、体の中でも落ちやすい部分だから。散歩に行くでも、買い物に行くでもいいから毎日歩かないと〉と学生を諭す教師のような口調で言った。

そうね、とトモ子は心の中で頷いた。確かにそう。でも、夫にそんなことが分かるのかしら。トモ子は冷たい風を受け、受験勉強中、眠気覚ましに雪を瞼に当てたときの爽快感を思い出しながら考えた。冬の清々しい陽射しに目を細めながら、すぐ前を走る夫を眺める。この人のどこにも筋肉なんてついてないのに、どうしてそんなことが分かるんだろう。

向こうから、シンプルなお揃いのダッフルコートに身を包んだカップルが犬を連れて歩いてくるのが見えて、トモ子は「ねえ、見て。あの二人。よく見たらかなりおじいさんとおばあさんよ。かわいい」とくすぐるような小声で話しかけた。

気がついた夫も走るスピードをほんの少し落として〈おしゃれだね〉と嬉しそうに言った。私達もあんな夫婦になりたいよね。トモ子は思ったが、わざわざ口にする必要はなかった。確認しなくても、夫も今まさに同じことを考えているに違いないからだ。

結婚して半年、自分達の前には、幸せへの道が用意されているという確信は強まるばかりだった。多くの人が犯すパートナー選びの失敗を、自分達は回避したのだというこの確かな満足感は、どこからくるのだろう。久しぶりに浴びた日光のせいかもしれない。周りの人間から必ずしも歓迎されなかった自分達の結婚だが、さえずる野鳥達によって今、正しい決断だったと祝福されているような気分だった。そしてトモ子は、老夫婦とすれ違いながら、自分達もやがてなるはずの、仲睦まじい二人の姿を目に焼き付けようとした。平日の公園は何もかもが光り輝き、穏やかだった。木漏れ日、噴水、芝生——それに藁の夫。トモ子は満ち足りた自分の人生に、幸福の溜め息を漏らした。

それから十五分かけて、二人は広い公園を、心臓の負担にならないようゆっくりとしたペースで一周した。広大な敷地の公園では、みな思い思いの時間を楽しんでいる。花壇を覗き込みながらデートする男女。芝生でくつろぐ家族連れ。ベンチで台詞《せりふ》の練習をする学生や、女の子のまわりにかき集めた落ち葉をまき散らして撮影するカメラマン……。

園内にあるドッグランの前を通り過ぎたところで、〈あそこまで行ったら、少し休憩しよう〉と夫が水飲み場を指差した。トモ子はすでに走るというより早歩きに近い状態だったが、「うん」と返事をし、なけなしの気力を絞り出した。

〈飲み物、買ってくるよ。向こうの芝生でストレッチしてて〉

夫が自動販売機の方向へ駆けていくのを見送ってから、トモ子は枯れ葉を踏みしめて芝生へ向かった。人のいない、少し土が剝き出しになった場所。あそこにしよう。腰を下ろして思いきり背筋を反らした視界の先には、雲一つない空が広がっている。眩しくて目を閉じると、全身に血が行き届いているのがよく分かった。仕事の緊張でずっと力が入っていた体も、走ったお陰でうまくリラックスできているみたいだ。

息が整った頃、木立のあいだに夫の姿が見えた。ずいぶん遠くのほうまで自動販売機を探しにいったらしい。ペットボトルを握りしめた夫は、トモ子に見られていることも知らず、ゆっくりと芝生を目指して歩いている。

こうして見ると、彼のぎくしゃくした動きはいつもより目立ったが、トモ子は少しも気にならなかった。トモ子の夫は藁でできている。稲や小麦の茎の部分だけを乾燥させたあの藁——家畜の飼料や、その寝具に使われる植物が、人間のように束ねられ、巻き上げられてできているのだった。

トモ子は自分の意思で、そんな彼と結婚した。何人かの友人は心配して考え直すように忠告したが、多くの人は、彼が藁であることすら気づいていない様子だった。トモ子が気に入ったのは、彼が誰よりも明るく、優しい藁だったことだ。始めのうちこそお互いの違いに、早まってしまったかもしれないと食事が喉を通らなくなるほど思い詰めたが、今では自分の直感は間違っていなかったのだという気持ちが、日々、膨れ上がるばかりだ。

夫の着ているサッカーチームのユニフォームは、公園にいる誰よりも鮮やかだった。太陽をモチーフにした、美しい黄色。一方、夫は墨彩画で描かれた枯れ枝のようで、トモ子は思わず笑ってしまった。

夫は極端に曲がった松の枝を見つけると、ペットボトルを地面に置いて飛び上がり、懸垂をし始めた。軽々と体を持ち上げたあとは、何事もなかったようにまた歩き出し、一瞬足を止め、地面に落ちていた何かを摑んで、さっとポケットに突っ込んだ。どんぐりだわ、とトモ子は思った。それか、昆虫。

夫がトモ子の視線に気づいて手を振ったので、トモ子も「ここ！」と大きく手を振り返した。満面に笑みを浮かべているのだろう。夫には目も鼻も口もなかったが、太陽の加減で微細な影が波打ち、見る者に様々な表情を想起させた。傍らでジャグリングの練習をしていた青年に拍手を送ってから、夫は宙に浮き上がっていきそうな身のこなしで、トモ子の待つ芝生へ走り出した。

ＢＭＷで公園から帰る途中、夫がカフェラテを飲みたいと言い出した。

「温かいのが飲みたいの？　今？」

早く家に帰ってシャワーを浴びたいと思っていたが、トモ子はすぐに「いいよ、買って帰ろう」と快く返事した。夫の工芸品のように巻き上げられた美しい指がＢＭＷの方向指示器に触れる。いつもなら右折するはずの交差点を逆方向へと曲がった瞬間、トモ子は諦めて汗で湿った背中をシートに預けることにした。

〈お腹、すかない？〉

夫が藁の隙間から出す不思議な声を聞き取って、まだ大丈夫、とトモ子は答えた。彼の声、というより音は、耳をよく澄まさなければ聞き取ることができない。道路脇のコインパーキングが、ちょうど一台分空いていることに喜んだ夫は体を細かく揺すると、ＢＭＷを滑り込ませ、エンジンを停止した。その瞬間、ずっと煮詰まっていた仕事の問題が別の切り口で解決できることに気付いたトモ子は、忘れないうちにメモしてしまおうと携帯を取り出した。〈行くよ〉。運転席側のドアが開く音に従い、トモ子もシートベルトを外して、一緒に付いていこうと腰を上げた。

と、その時、固いものが何かにぶつかったような、鋭い音が車の中に鳴り響いた。トモ子はあまり気に留めず携帯を操作し続けていたが、夫の〈何。今の音〉という声を聞いて、慌てて意識を戻した。

「え……分からない」とトモ子は答えた。「車に何かぶつかった？」

〈違うよ。今のは、シートベルトの音だったでしょ〉

ドアを開けて出ようとしていた夫は、中途半端な体勢で動きを止めている。そして、携帯を握っているトモ子のほうを振り返り、〈……どうしてそんな乱暴な外し方するの？〉と言った。

「ごめんね」トモ子は咄嗟《とつさ》に謝った。そんなに乱暴に外したという自覚はなかったが、先週もトモ子は助手席のドアを開けようとして、うっかりガードレールに当ててしまったばかりだった。夫の車は、買い替えてまだ一ヵ月も経っていない、真新しいBMWだ。

車を降りたトモ子はドアを開けたまま「シートベルトの音？　今のが？」と尋ねた。

〈そうだよ。そこにぶつかったろ〉夫は助手席のほうへ身を乗り出しながら、確認している。

〈ほら、見てよ、あそこ！　傷ついてない？〉

「ごめんね」見えていないが、トモ子は謝った。内心では、そんなところにシートベルトが当たるわけがないではないか、と思いながら。彼は窓枠の上辺りを懸命に指差している。トモ子は、夫が傷だと主張する線はおそらくBMWの元々のデザインだろうと思った。しかし、彼が自分からそのことに気づくまで、言い訳せずに待つことにした。落ち着いたらさりげなく訊いてみればいい。ちょっと運転席側の同じところも確認してみたら？　と。

トモ子はドアを開けたまま植え込みと車の間をすり抜けて、半ば呆れつつ後方の車道からその様子を眺めていた。夫は窓枠に顔を向け続けている。

〈こっちに来て見てみな〉と、とうとう夫は言った。トモ子は、植え込みと車の間に再び体を滑り込ませると、言われた通りドアに目を凝らした。

〈……見な、凹《へこ》んでる〉

確かに彼の言う通りだった。窓枠の上辺りには、五センチほどの凹みが一本の線のようにくっきり走っている。トモ子はそれを指でなぞると、「そうだね」と口を開いた。「ちょっと凹んでるみたい」

トモ子は携帯をコートのポケットに滑らせ、車に乗り込んだ。ドアを閉めてから「ごめんね」と小さく頭を下げた。「ごめんね。うっかりしてて……」

夫はエンジンのかかっていない車のハンドルを握りしめたままじっとしている。幾重にも細い藁が密集した顔には微かな表情も窺えなかったが、トモ子には、夫がやりどころのない憤りに耐えているように思えた。

トモ子は「カフェラテ、買いに行かないの？」とおそるおそる声をかけてみた。夫はその言葉を無視して、〈――がっくし〉と溜め息を吐きながら頭を垂れた。

トモ子がどう返事をすればいいか分からないでいると、夫は再び前を向き、黙り込んだ。そうして、しばらくすると、また〈――がっくし〉と言いながら折った首をハンドルのほうへ倒した。

〈――がっくし〉

「ごめん。本当に」とトモ子は慌てて謝った。このままだと永遠にその動きが繰り返されるかもしれない。「シートベルトが、そんなに跳ねるなんて思わなくて」

返事はしてもらえなかった。藁の塊が、ばさ、ばさ、とハンドルに被《かぶ》さる音だけし続ける、気まずい沈黙が数分続いたあと、夫が気持ちを切り替えるように、カフェラテ買ってくる、と言ってドアを開けた。立ち上がりかけたトモ子は、まったく反省していないと思われるかもしれないと考え直し、そのまま車に残ることにした。そもそもトモ子を待つつもりなどなかった夫は振り返りもせずに、車道をさっさと横切って歩いていった。

一人になると、トモ子は息を深々と吐いた。前に停められた車のナンバーを眺めるともなく眺めたあと、携帯を取り出しメモの続きをすばやく打った。運転席に一本だけ藁が落ちているのを見つけて拾い上げていると、カフェラテを片手に帰って来た夫が何も言わずにBMWを発進させた。来た道をUターンする。トモ子はルームミラーを見つめながら「本当にごめんなさい。気をつけます」と丁寧に謝った。もっと言葉を並べるべきなのかもしれなかったが、心にもないことを言うほうが失礼ではないかと思った。自分が今、誠実に言葉にできるのは「今度から気をつける」、それだけだ。窓の外に視線を移したあと、すぐに思い直して、トモ子は膝に載せられていた夫の手に自分の手を重ね合わせた。結婚してから学んだことの一つだ。お互いただ黙り続けていると、事態は悪くなる一方だと。夫は無反応だったが、トモ子はしばらくそうしていた。

と、その時、夫の手の奥で、何かが微かに蠢《うごめ》いた。トモ子ははっとして、その手を食い入るように見つめた。

今のはなんだろう――動揺を隠すため、トモ子はドリンクホルダーに置かれていたカフェラテを指した。「これ、飲んでいい?」。夫が〈どうぞ〉と無愛想な受付係のように答える。トモ子は温かいカフェラテを啜《すす》りながら、今、何が起きたのかと考えずにいられなかった。確かにあの藁の中に、何かが潜んでいたのだ。乾いた茎が束ねられた夫の指の一本一本を意識した途端、今度は頭の奥がむずむずとし始めた。もしかしたら、今のはただの車の振動だったのかもしれない。やがて、ＢＭＷは自宅に到着した。

リビングに戻ると、夫は〈――がっくり〉と言いながらソファに座り込んだ。「がっくし」が、「がっくり」に変わったことに意味があるのだろうかと思いながら、トモ子もソファの下に敷かれているカーペットに直接腰をおろした。

夫はまだ深く項垂《うなだ》れている。体を前のめりに倒し、両手で顔を覆っている。〈どうして、あんなに雑に扱うの？〉と夫は音を絞り出すように言った。〈意味が分からない。買ってまだ一ヵ月もしないのに……〉

「わざとじゃないの」とトモ子は必死に言った。「こないだもそうだったけど、無意識なの。シートベルトを外す時に、そんなに気をつけなきゃっていう意識がなくて……」

夫は納得しようと努力している。顔を覆ったまま、うんうん、と何度も頷き、でも結局〈意味が分からない〉と助けを求めるような声で呟いた。そして、そうすれば何かがましになるとでも信じているかのように体を前後に揺すり始めた。始めは細かく。そして、段々大きく。掛ける言葉もなくトモ子が傍らで見守っているうち、頭を掻きむしるような動きをして立ち上がり、彼は玄関へと歩いていった。外に出て行く音がしないので追っていくと、一昨日掃いたばかりの玄関の床に、夫は黙ってホウキを掛けている。

「何してるの？」と訊くと、〈分からない〉と彼は言った。

「ねえ、やめて」彼の手からホウキを取り、トモ子は腕を持ってソファまで連れ戻した。「本当に、本当に、これからは絶対に気をつけるから」

〈――うん〉虚ろな声だ。再び始まった前後の揺れをトモ子は辛抱強く眺めたが、段々、沖に流されていくボートに乗っているような気持ちになり、「わざとじゃないの」ともう一度、ゆっくり説明を繰り返した。「お願いだから。それだけは分かってね」

彼は一言、〈そうかなあ〉と呟いただけだった。

その時、またしてもすばやく藁の中で何かが蠢いた。今度は疑いようもなかった。細かな震えが行き渡るように夫の全身に走っている。トモ子は気味の悪さに声をあげそうになったが、夫自身は何も気づいていない様子であることを知り、「わざと傷つけてるって言いたいの？」と会話を無理やり続けた。

〈そうは思わないけど……〉

――やっぱりだ。夫の、特に口にあたる辺りが何かに押されるように震えている。トモ子の視線はそこに釘付けになった。〈そうは思わないけど、でも少なくとも別に車くらい傷ついてもいいだろう、って思ってるのだけは確かだよ〉。喋るたび、藁と藁の隙間から今にも何かが見えてしまいそうで、トモ子は何度も息が止まりかけた。藁の奥で、夫の中身が蠢いている。あれはなんだろう。あれは――。〈だって、気をつけますって先週約束したところだったじゃない〉

「約束したのはドアのことでしょ」トモ子は懸命に会話を繋げた。「あれからちゃんと、ドアはものすごく慎重に開けるようになったよ。でも、シートベルトが跳ねてドアに当たらないようにしなきゃ、とは考えたことが今まで一度もなかったから――」

〈そんなことも注意しなきゃ駄目？〉

「そんなことも」と言った瞬間、彼の口から何かがぽろりと落ちた。目を凝らし、すぐに確かめたが、毛足の長いカーペットにまぎれてしまったのか何も見えない。

「――気をつけます。これからは。本当に気をつける」

トモ子の心の籠もっていない口調に気づいた彼は責めるように問いつめた。〈もっと具体的な案を出してよ〉

「気をつけるための案？」トモ子は夫の顔から目が離せなかった。彼の顔の、あらゆる隙間から、ぽろぽろとあるものが吹き出し始めている。藁の下で蠢いていたもの——それは、小さな楽器だった。指でやっと摘《つま》めるほどの、小さな、たくさんの種類の楽器が、夫の体から逃げ出すように溢れ出していく。トランペット。トロンボーン。小太鼓。クラリネット。チェンバロ……。「シートベルトを丁寧に外すには、どうしたらいいか？の案？」楽器に意識を奪われながら、トモ子は呟いた。〈だって、真剣に悪いと思ってないじゃない。気をつけてドア開けるのも、結局、怒られるのが面倒なだけでしょ〉夫の声に怒りが混じり始めている——楽器が彼の体からどんどんこぼれ落ちて行くことと、何か関係しているんだろうか？トモ子は心配になりながら「私は車を大事にしなきゃと思って、日頃から気をつけてるつもりだったけど、そんなふうに感じるの？」と訊いた。〈思ってないだろ、大事にしなきゃなんて〉彼から溢れる楽器の勢いは一段と増した。足元のスリッパが見えなくなるほど山になってうずたかく積もり始めている。——そして、その分だけ、夫の体は萎み始めている。「どうして、私の思ってることをあなたが決めるの？」トモ子は途切れる気配のない楽器の流れを食い止めようと、彼の顔の下に両手を差し出した。「結局、私のことを嫌な人間だと思いたいんでしょ。なら、始めからそう言えばいいのに。なんでいちいち遠回しに嫌味ばっかり言うの？」。だが、すぐに両手はいっぱいになり、指の端からは何百個もの鼓や笛が落ちていく。「よくそんな嫌な女と、結婚したよね」

夫は何百組ものシンバルを吐きながら話し続けた。〈本当に〉バシャン。〈悪いと思ってるなら〉ガシャンガシャンガシャン。〈そもそも、そんなふうに言い返したり――〉どうして。この人は、どうして自分が楽器を吐き出していることに気づかないでいられるんだろう。

すると突然、楽器の勢いが弱まった。トモ子が慌てて顔を上げると、ソファに座っていたはずの夫の姿は驚くほど変わり果てていた。――中身のなくなった夫は、今や、すかすかのみすぼらしい藁だった。巻き紐があちこち弛《ゆる》み、今にもソファの上でばらけてしまいそうだった。どっちが彼なのだろう、とトモ子は思った。彼の外に出てしまった楽器と、この残ったすかすかの藁の、どちらが自分の夫なんだろう。

「ねえ、お願いだからもうケンカはやめない？」とトモ子は叫んだ。

その声にはっとした夫は、何かを言いかけようとしていた口をようやく噤《つぐ》んだ。そして冷たく、突き放すような声で〈……そうだね。ケンカなんかしたって時間の無駄だね〉と言った。

彼の隙間から見える黒い空洞を見つめながら、楽器を出し尽くしたのだ、とトモ子は思った。ほら、ちょうど夫一人分になる楽器の山が、カーペットにいくつも出来上がっている――アルトホルン、ユーフォニウム、マリンバ……。トモ子はおそるおそる藁の夫の手を取ろうとした。だが、夫は自分のユニフォームの重みを支えきれなかったらしく、手が触れる前にソファにくずおれた。凪になぎ倒される植物のように。トモ子はその、力なく放り出された手を握りしめて、「いいの。無理しないで。全部、私のせいだから」と言った。「私、もうあなたの車に乗らないことにする」夫は弱々しい声で〈いいかもね〉と言っただけだった。

気づくと、太陽の下に干したタオルのように愛おしかった彼の匂いが、家畜に出される飼料の臭いに変わっていた。床に散らばる数本の藁を見つめながら、トモ子は立ち上がり、横たわったままの中身のない夫を見下ろした。

背を向けている彼は動かない。もう一人の自分が、どうしてこんなものと結婚したんだろうと頭の中で呟いた。どうして藁なんかと結婚して幸せだと喜んでいたんだろう。楽器を吐き尽くした夫は少しも動かなかった。もう死んでしまっているのかもしれない。この体を何かで強く打ってみたら、分かるだろうか。本当に中身がからっぽなのか、確かめられるだろうか。その時、夫を見下ろしているトモ子の頭の中に、真っ赤に燃え上がる火のイメージが生々しく浮かび上がった。午前中の光が差し込んでいるこの家のリビング。真っ白なソファの上で、何かが激しく火に包まれている光景――藁に火を付けると、どうなるんだろう、とトモ子は思った。乾いた藁は、どんなふうに燃えるのだろう。想像するだけで、心臓がどきどきと鳴った。きっと少しの火で、あっというまに燃え上がるに違いない――。

我に返ったトモ子は、それ以上彼を見ていることができず、こぼれ落ちた楽器を藁の中に戻し始めた。楽器が壊れているかどうかは分からなかったが、両手でそっとすくって隙間へ流し込むと、彼の体は水を吸い込むスポンジのように膨れていった。トモ子は何度もその作業を繰り返した。カーペットから藁へ。カーペットから藁へ。途中で一度だけトモ子は動きを止め、落ちていた藁を摘み上げて、お香用のライターの火にかざした。炎は生き物のように燃え上がった。その美しさに溜め息をこぼしたトモ子は、いつかこうやって夫に火を付けてみたいと思いながら、最後の楽器を藁の隙間に流し入れた。

やがて、夫がソファから起き上がった。楽器を吸収し終わり元気になったらしい夫は、トモ子のほうを見上げると、微細な凹凸《おうとつ》で顔に陰を作りながら〈ごめん、俺のほうこそ悪かったよ〉と優しく言った。車なんてそもそも消耗品なのに、あんなに不機嫌になって本当にごめんね、と。

〈もう一度、公園に走りに行かない？〉

夫に手を握られたトモ子は、たった今、炎に包まれる藁の塊を想像していたことも忘れ、その誘いを快く承諾した。「うん、いいね。行きたい」

そして、夫とともにＢＭＷに乗り込んだ。さっきより少し人の増えた公園を二人で走ると、彼からはまた少し楽器がこぼれ落ちたが、トモ子は紅葉に視線を移し、「きれいね」と声を漏らした。木漏れ日。噴水。芝生。花壇――足元では、ひっきりなしに楽器が落ちて壊れる音がしている。小さなホルンや、ティンパニがこぼれているのだろう。夫に走り方を習いながら、トモ子は冷たい空気を思い切り吸い込んだ。――気持ちのいい午後。頭上の紅葉が、燃える火のように美しかった。

トリプル

村田沙耶香

洗面所の鏡の前で、髪の毛をヘアアイロンで整え、ヘアコロンをつける。恋人が好きだと言ってくれた甘い香りが、髪の毛にふわっと漂う。

強い香水は恋人が嫌うので、つけない。校則で禁止されているのと、親が厳しいのでピアスはあけていない。原宿で買ったイヤリングを耳に当ててみるがどうにもダサくかんじられて、それもつけていかないことにした。

丹念にマスカラをつけていると、洗面所を占領している私を見咎《とが》めた母が言った。

「どこかへ出かけるの？」

「うん。ちょっと秋葉原まで」

「誰と一緒なの」

「うるさいなあ。前にも言ったじゃない。今日はデートだよ」

隠すとかえってしつこく詮索されたり机を漁られたりするので、正直に告げた。母はグロスを塗っている私の後ろをうろうろしながらこちらを見ている。

「なに？」

「デートって……それはいいけれど。ちゃんとカップルでデートするんでしょうね」

私はグロスを指で伸ばしながら笑った。

「当たり前じゃない」

「そうよね、真弓《まゆみ》ちゃんに限ってそんなこと……でもほら、今、流《は》行《や》っているっていうじゃない」

「お母さん、あの白いコート、どこにある？　フードにファーがついたやつ」

「寝室のクローゼットにあるわよ」

お気に入りのコートを羽織りブーツを履いていると、玄関までついてきた母がなおも言い募った。

「本当に、本当にカップルなんでしょうね？　二人でデートするのよね？」

「だからそうだよ。何度も言ってるでしょう？」

「嘘はついてないわよね？　『トリプル』じゃないわよね？」

私は薄く笑って、コートの裾を払いながら立ち上がった。

「違うわよ」

「それならいいのよ……いい、誰かに声をかけられても、ちゃんとカップルでのデートを続けるのよ。トリプルなんてね、お母さんの時代には、本当にふしだらなことだったのよ。三人でラブホテルに行くなんて、乱交だとか3Pだとか言われていて、本当に性に乱れたどうしようもない人間がやることだったのよ」

「わかってるって言ってるじゃない。行ってきます」

私は玄関の鏡を見てニット帽を少し直すと、振り向かずに家を出た。外の空気は冷えている。私はマフラーに顔を埋《うず》めて待ち合わせ場所へ向かって走り出した。

私たち十代の間では、今、カップルよりもトリプルで付き合っている子たちの方が多い。三人で付き合うという恋人の在り方は、十代を中心に、ここ五年くらいで爆発的に広がった。

最初のブームのきっかけは、海外の人気アーティストがカミングアウトしたことだった。真似をしてトリプルで付き合い始めた十代の男女の姿に、大人たちは眉を顰《ひそ》めた。当時私はまだ小学生だったが、隣のマンションのお姉さんはいつも二人の恋人を連れていた。三人で手をつないで颯爽《さっそう》と歩いている姿は格好良くて、いつも憧れていた。

ブームのきっかけになったアーティストは麻薬で捕まって消えたけど、私が高校二年生になった今も、トリプルの流行は終わっていない。流行とは大人が言った言葉で、私たちの間ではこちらのほうが自然なことになりつつある。きっと、私たちの間にはずっと潜在的にあったのだと思う。どうして「二人」で付き合うのだろう？　誰が決めたのだろう？　という想いが。

外国はもっと進んでいて、同性婚より先にトリプルの結婚、三人での婚姻を認めるべきだ、というデモが何度も起こっている。学校の昼休み、皆で恋の話をしながら、私たちもデモやりたいねー、とよく冗談交じりに話している。三人で結婚すれば家事は楽だし、二人が働いて一人が育児に専念すれば少子化だって解消されるかもしれない。でも日本ではなかなか認められないだろうと、よくわからない肩書のコメンテイターが朝のワイドショーでもっともらしく解説していた。

「お待たせ」

秋葉原の駅前に行くと、誠と圭太がこちらを振り向いた。

「ごめんね、出がけにお母さんに絡まれちゃって」

「真弓はお嬢様だからなー」

からかうように圭太が言う。圭太の髪は傷んだ茶髪で、私のかぶっているのとそっくりなえんじ色のニット帽をかぶっている。ちょっと吊り目がちの目は、笑うと細くなってどこまでが目で、どこからが笑い皺なのかわからなくなる。

「大丈夫だった？　僕たちがトリプルだってこと、お母さんにばれたんじゃない？」

誠が少し心配そうに私を見た。誠は背が高い黒髪の男の子で、大人しいから地味に見えるけれど、よく見ると色が白くて綺麗な顔をしている。よく風邪をひくので、私と圭太がプレゼントしたカシミアのマフラーを首に巻いている。

「ううん、大丈夫。適当にあしらってきたから。それにばれたっていいよ、悪いことしてるわけじゃないもん」

「そうだけど。反対されて、無理矢理別れさせられるかもしれないよ」

誠は心配性だ。私は笑い飛ばした。

「そんなこと、できっこないよ。そしたら家、出ちゃえばいいんだよ。バイト増やせばいいじゃん」

「その時は俺んちこいよ。俺んとこは親が理解あるしさ」

圭太は母子家庭で、お母さんと仲がいい。私と誠も一緒に家に遊びに行ったことがあるけれど、「いいわねー、私も若かったら彼氏二人欲しいわあ」と豪快に笑いながらケーキを出してくれた。

「ねえ、そんなことよりどこか入ろうよ。寒いよ」

「そうだな。圭太、どこに行きたい？」

「ゲーセン行こう、ゲーセン」

私たちは近くのゲームセンターへ行った。秋葉原は安く遊べる場所が沢山あるからよく来る。といっても、お笑い芸人のガチャガチャにハマって何千円も使ってしまったときは、私も圭太も誠に怒られた。

恋人に怒られると、反省してみせながらもどこかくすぐったい気持ちになる。私と圭太が顔を見合わせて笑うと、誠もつられて表情を緩めて、それから三人で、同じポーズをしたお笑い芸人の人形を互いの鞄につけ合った。

そのときのことを思い出したのか、少し厳しい顔をした誠が、

「あんまり無駄遣いはだめだよ」

と釘を刺す。お母さんのお小言と違って、誠に叱られると甘い気持ちが湧きあがる。圭太も同じなのか、私と誠の手を同時にとりながら、

「わかってるって。早くいこうぜ」

と少し照れくさそうに言った。

半年前、この二人の恋人と出会ったのも、この秋葉原だった。

トリプルの恋は、二人組に一人が声をかけるか、一人でいる子に二人組が声をかけるか、どちらかの形ではじまることが多い。それも大人が眉を顰める要因の一つだ。ナンパじゃないの、と私の母などは言う。わかっていない。私はあなたたち二人に、もしくは私たち二人はあなたに、会った瞬間に強く惹かれたよ、ということを率直に表現しているだけだ。ぐだぐだと駆け引きをしているカップルの恋愛より、ずっとシンプルで、純粋だと思う。

その日私は駅前のゲームセンターで二人を見つけた。梅雨の合間の蒸し暑い晴れた日曜日だった。私はたまたま携帯の新機種を見に来ていて、暑さに負けてそばにある露店でタピオカの入ったココナッツジュースを買って飲んでいたのだ。ベンチもないのでガードレールにお尻を乗せて、ぼんやりと街を眺めながらジュースを飲んでいると、オレンジ色の男の子と藍色の男の子がじゃれ合っているのが見えた。

一人は茶髪で、小麦色の肌に鮮やかなオレンジ色のTシャツを着て、屈託なく笑っている。もう一人は藍色のシャツを着て、やけに真剣に店頭に置いてあるUFOキャッチャーの中を見つめて何か喋っていた。鮮やかな色のコントラストと、二人の間に漂う気の置けない信頼感のようなものが心地よくて、最初はただ、好感を持って見つめていただけだった。

藍色の男の子は、藤子不二雄の昔の漫画のキャラクターを取ろうと懸命になってい た。それをからかいながら、オレンジ色の男の子が腰ばきしているダメージジーンズのポケットから小銭を取り出し、藍色の男の子と場所を交代した。アームが動きだし、さっきまで騒いでいた二人が真剣にそれを見つめている。

藍色の男の子の黒髪が、オレンジ色の男の子の茶髪とこすれた。オレンジ色の男の子は汗を沢山かいていてTシャツが染まっているのに、藍色の子は汗一つかいていない。その青白い腕に、オレンジ色の男の子の顎から垂れた滴が落ちて行った。

藍色の男の子はそれでもぴくりとも動かずに、オレンジ色の男の子のアームを動かす手先を見つめていた。中に入っていた人形が一瞬、持ちあがる。オレンジ色の男の子が身を乗り出し、小麦色の腕と白い腕がこすれた。あっと思ったときには、人形は落ちてしまっていた。

あーあ、と溜息をついた男の子たちをみていると、喉が渇いてきて、私はストローからさらにジュースを飲みこもうとしたけれど、そこにはタピオカの粒しか残っていなかった。

喉が渇いた。そのせいか、日差しのせいだけではなく、肌が熱くなっていた。私はごみ箱に空っぽのカップを捨てると、ゆっくりと二人に近づいた。

「ねえ、コロ助、好きなの？」

そう声をかけると、オレンジ色の男の子と藍色の男の子が、同時にこちらを振り返った。その四つの目を見たとき、この四つの目玉からの視線が自分に絡まるのを、自分はずっと待っていたのだ、という気がした。二人の視線と私の視線が絡まったことで、私は傍観者ではなく参加者になった。私は渇いた喉で唾液を飲み込みながら、少し震えてしまった声で続けた。

「とってあげようか？　私、これ得意なんだ」

藍色の男の子の視線が厳しくなった。男の子は目も深い黒い色をしていた。

「ひょっとしてトリプルの誘い？　悪いけど、僕たちはそういうの、興味ないよ」

突き放す物言いに私は少し怯んだが、何かのボタンのスイッチを押してしまったみたいに、喋るのが止まらなかった。

「そんなのと違うよ。欲しいんでしょ？　これ、私も好きだからとってあげようって思ったの」

「得意って……」

オレンジ色の子が怪訝《けげん》そうに、それでも場所を空けてくれたので、私は財布を取り出して百円玉をゲーム機に入れた。

　私がアームを動かすのを、二人が息を止めて見つめている。そのことに指が震えた。なんでこんなに身体が反応するんだろう、と思ったが、二人の呼吸がガラスに白い跡をつけているのが横目で見えてしまい、ますます耳と首が熱を持ち、息が止まりそうになった。

　ぬいぐるみはアームにひっかかりもせず、私は財布の中にあった百円玉を全部使ってしまった。

「全然、得意じゃないじゃん」

　馬鹿にするように言うオレンジ色の男の子に、「もう少しでとれるよ」と言い張って、お金を入れ続けた。

　男の子たちに両替に行かせながら持っていた千円札を全部つぎ込んだころには、二人とも笑っていた。

「とれた！」

　やっと、コロッケを手に持っているコロ助のぬいぐるみが落ちてきた。

「ね、得意だったでしょ」

　私が言うと、二人は顔を見合わせて、噴き出した。

「ばっかだなー。いくら使ったんだよ？」

「これが欲しかったら一回だけデートして……欲しいけど、もしも嫌だったらいいよ」

恥ずかしくなった私がぬいぐるみを弄《もてあそ》びながら言うと、藍色の男の子が深い色をした黒目を細めた。

「僕はしてもいいよ」

オレンジ色の男の子が驚いた顔をした。

「え、マジで？」

「僕たちよく一緒に遊んでるんだけど、トリプルにならないかって、いつも声かけられるんだ。迷惑だなあって正直思ってたんだけれど、今回は、デートくらいならしてもいいような気持ちになった。僕はね。でも、圭太が嫌なら行かない」

淡々と説明する藍色の男の子に、「いや、俺も別にいいけどさー」とオレンジ色の子が言った。

「じゃあ、約束ね。次の日曜日はどう？　来てくれたら、これあげる！」

私たちはその場で連絡先を交換し、翌週の休日に会う約束をした。見た目では二人とも年下かと思ったけれど、同じ高校二年生だということがわかった。藍色のシャツを着た誠は横浜の進学校、オレンジ色のTシャツの圭太は都内の工業高校に通っているらしい。高校は別だが地元が一緒で、小学校から仲がいいそうだ。

まずは一回デートだけ、と日曜日に三人で遊園地へ行って、ますます二人のことが好きになった。思いがけず、その次の誘いは誠がしてくれた。五回目のデートで池袋の水族館に行ったとき、圭太が言った。

「俺たち、本当に付き合わねえ？」

そして、私たち三人は恋人同士になったのだ。私と恋人になるのはいいが、トリプルになることで、今まで友達だった誠と恋人になるのが酷く変な感じだと、圭太は最初不安げだった。

けれどトリプルとして付き合っていくうちに、その不安も解消された。私たちは三人で恋におち、三人で恋人同士になったのだ。

ゲームセンターから駅前の大きなビルに最近できたアイスクリームショップへ行き、暗くなってきたのでクリスマスのイルミネーションを見ていると、圭太が言った。

「キスしない？」

私も誠も、即座に頷いた。私たちはツリーから離れたところに隠れて、三人でキスをした。

三人でキスをするのは、大人が思うよりずっと簡単だ。百二十度ずつ角度を分け合って顔を近づけると、驚くくらいしっくりと三つの唇が合わさる。まるで最初からそうなるための身体の仕組みだったように、三人でのキスはしっくりとうまくいく。

私たちは唇だけを合わせるキスのあと、嚙みつくようなキスをして、それから舌を絡めた。

私は二人でのキスをしたことがない。圭太はあるみたいだけど、三人でキスするほうがずっといい、と言う。

二人でキスをするなんて、顔のまわりにひゅんひゅん風がきそうだし、外から丸見えだし、何がいいのかよくわからない。誠もトリプルでしかキスをしたことがないので、同じことを言っていた。

キスに熱中していると、顔をしかめたサラリーマンが近くを通り過ぎて行った。

「見て、こっち睨んでる」

唇を離して言うと、唾液でべとべとになった圭太が言った。

「真弓の母ちゃんみたいに、ふしだらな！　って思ってるんじゃね？」

私は噴き出した。こんなに真面目に付き合ってる私たちをふしだらだなんて、大人の言うことはいつもおかしい。

「どうする？　この先もする？」

私が聞くと、誠が首を横に振った。

「駄目だよ。今日は真弓は生理だから」

「大丈夫だよ、もうほとんど終わってるし、下着を脱がなければいいじゃない」

「そういうの、よくねーよ。身体に悪いだろ？　一人の体調が悪い時は、しない。俺たちは三人でトリプルなんだから、それが当たり前だろ」

真剣な表情で圭太が言う。私たちは、互いの身体のことをちゃんと打ち明けて、話し合うことにしている。協議の結果、今日はセックスはしないことになり、真面目に家に帰ることになった。

私たちは誠を真ん中にして、三人で手をつないで駅へと向かった。

頭上では星形のイルミネーションが瞬いている。それを見上げながら、私はつぶやいた。

「ずっとこうしてたいな。もう帰っちゃうなんて、つまんない。三人で暮らせればいいのに」

「大学に合格できたら僕は一人暮らしするから、二人とも来れば？」

誠の発案に、私ははしゃいだ。

「そうしたい！　それが自然な気がする。だって、私たちがそれぞれ別の家に帰るなんて変だよ。三人でいるときのほうが、外にいても、ただいま、って感じがするんだもん」

「やだなー、そういうセンチメンタルなの」

圭太がからかったが、まんざらでもなさそうだった。

「次はいつ会える？」

声が真剣になってしまった。三人で会おうとするとなかなか予定が合わないので、そんなに毎週デートはできない。案の定、誠が困った顔をした。

「ごめん。僕、来週は模試があるんだ」

「そっか……」

会えないのは切ないが、切なくなれるほどこの恋人たちが好きだということでもある。この歳になるまで、私は胸が痛むということを肉体で実感したことはなかった。けれど、今は、心臓のそばの皮膚が、裏側から引っ掻かれているみたいに痛い。その疼《うず》きがうれしかった。

私たちは駅の改札の前で手を振って別れた。私と別れると、圭太と誠は友達同士に戻ったみたいに、手を離して何事もなかったようにホームへ向かって歩き始めた。

翌日の昼休み、教室で仲のいいリカと甘いパンを食べながら、私は言った。

「ねえリカ、彼氏、元気？」

「うん」

リカは、『カップル』、つまり二人きりで付き合っている恋人がいる。あまり彼氏の話はしたがらないが、仲のいい私にだけは、詳しい話を聞かせてくれる。

ふと、昨日の自分たちのデートを思い出した私はリカに尋ねた。

「ねえ、恋人が一人って、どんな感じ？　キスはどんな風にするの？」

「そういう風に聞かれるの、嫌いだって知ってるくせに」

リカが嫌な顔をするので、「ごめん」と素直に謝った。

「私も中学のころ、トリプルで付き合ってたけど、自分にはカップルのほうがいいって思うから、それを選んでいるのに。好奇の目で見られるのには、うんざり」

「私は、カップルのことも否定しないよ」

「真弓みたいな子は珍しいよ。トリプルで付き合ってる子には、恋人の話はしたくない。『なんで？』『キスはどうやってするの？　セックスは？』って、平気でプライバシーを侵害してくるんだもの」

「……ごめんね、悪気はないんだ」

自分もさっきそんなことを聞いてしまったのを思い出し、素直に謝った。

「真弓は、そうやって謝ってくれるだけ、他の連中よりずっとまし。あーあ、今度聞かれたら保健の教科書でも投げつけてやろうかな。こうやってやるのよ、小学校で習わなかったのって」

「それいいね。そうしなよ」

私が笑っていると、向こうから恵美《えみ》と由紀子《ゆきこ》がやってきた。二人は、校内でも有名なトリプルだ。あと一人、隣のクラスの謙二という男の子を含めて三人で付き合っている。

「ねえリカ、あたしたち週末、伊豆に旅行するんだけど、リカと彼氏も来ない？　あたしら三人だけじゃなくて、謙二のバイト先の大学生が二人くるんだけどさ、どっちも恋人いないの。リカって二人で付き合ってるんでしょ？　いい出会いのチャンスじゃない？」

「悪いけど、私はいいわ」

リカが即座に断ると、由紀子が顔をしかめた。

「リカ、可愛いのにもったいないよ。恋って二人でしてもつまんないじゃない？」

「リカがいいって言ってるんだから、いいじゃん」

私が慌てて庇うと同時に、リカが立ち上がった。

「ごめん、話の途中で悪いけど、私、職員室に呼ばれてるんだ。ちょっと行ってくるね」

教室から出ていくリカを見ながら、恵美と由紀子は「リカってよくわかんないよねー」と顔を見合わせている。

私もトリプルだから、恵美たちの気持ちはわからないでもない。彼女たちに悪意がないのも理解できる。でも、大人の干渉を嫌がるわりには、自分たちだって同じことをしている。

私は教室を出て行ったリカの真っ直ぐな背中を思い浮かべながら、手元に残った甘いパンの欠片《かけら》を弄んでいた。

誠の模試も終わり、やっと三人で集まれた日曜日、私たちは三人で朝から池袋のラブホテルにいた。

ここのホテルは土日でも朝の八時から十六時までフリータイムをやっていて、内装も綺麗なのでよく利用する。今日はちょっと奮発していい部屋にした。時間内なら何時間でもいていいシステムなので、朝から目いっぱい利用したほうがいいにきまってる、というわけで、私たちは朝の八時きっかりにホテルに集合していた。

「あー、五時起きしたからねみー」

圭太が伸びをしながらベッドに横たわった。誠は部屋にあるティーバッグで、私たちにお茶を淹《い》れてくれた。

「じゃあ始めようかー」

声をかけると、「えー、もうちょっと」と圭太が眠そうに布団にもぐりこんだ。

「このままじゃ、圭太寝ちゃいそうだもん。時間がもったいないよ。せっかく久しぶりに会えたのに」

「まあ、そうだけど……」

しぶしぶ布団から出てきた圭太と、お茶を飲み終えた誠と私は、ベッドの上に三人で向き合って正座した。

そのまま手をつないで目を閉じる。

「それでは、これからセックスを始めます」

私が言うと、二人が頷く気配がした。

「今日の『マウス』は、圭太です」

私が告げると、右手で握っている圭太の手のひらがぴくりと揺れた。

「服を脱いで、準備が終わったら手を鳴らしてください」

右手から圭太が離れていき、ごそごそという物音のあと、圭太の手を鳴らす音で、私と誠は目をあけた。

そこには裸になった圭太があお向けになって横たわっていた。

トリプルのセックスは、カップルのセックスとは全く異なる。誕生日が早いものから順に、『マウス』という役割を担う。

マウスは、「口」という意味だ。と同時に、私たちの小さくて可愛いネズミ、という意味も含まれているのだと思う。

前回は五月生まれの誠がマウスだったので、今回は圭太の番だ。手が鳴ったら、私たちは一言も言葉を発さない。

マウス役の子だけが服を脱いで、他の二人は着衣のままだ。そして、マウス役の子は、身体中の穴で、他の二人のありとあらゆるものを受け止める「口」になる。

部屋の明かりを少し調節して暗くすると、圭太が緊張した面持ちで身をよじらせる。裸になって横たわっているマウスを見たとき、私にはいつもぞくっとした快感がこみあげる。服を着た二人の前で、一人で裸でいる姿は赤ん坊のようでもある。

　圭太はスポーツをして筋肉はついているが、手首や首、足首は無防備なくらい細い。Tシャツの中に隠れている肌は、頰や腕の小麦色と異なって青白い。私と誠は目と目を合わせ、頷くと、同時に圭太の上にのしかかり、彼の身体中の「穴」をさぐりはじめた。

　まず、耳。奥が見えないまっくらな空洞に、舌を差し込む。

　私の唾液が圭太の耳の中へ落ちていく。圭太は黙ったまま、その感触に耐えている。

　誠は圭太の鼻に舌を入れている。息ができないのか、圭太は苦しそうに喉を鳴らした。

　私は今度は口に指を入れた。その中を逃げ惑っている舌を摑み、歯を撫でる。圭太は唾液をだらだら流しながら、私の仕打ちに耐えている。

　下半身の穴も重要だ。誠が圭太の柔らかいペニスを持ち上げ、爪の先を尿道へ押し込んだ。うっと、圭太の喉の奥から音がする。

　圭太は目を強く閉じたまま、声を堪《こら》えている。私は圭太の肛門を指でひらき、ペデイキュアを塗った足の指の先をそっと押し込んだ。苦しそうに圭太が身体をくねらせたが、抵抗はせず、両腕はぐったりと布団の上に投げ出されている。

圭太は今、人間ではない。私たちのあらゆる突起と体液を受け止める穴なのだ。誠が舌を伸ばし、唾液を圭太の目頭へと流し込む。私は足の指全てを圭太の口の中に押し込みながら、手の指で鼻の穴をいたぶる。湿った粘膜が私の手足の指を同時に受け止める。

私たちはただ黙々と、圭太の穴という穴をいたぶり続けた。身体のあらゆる部分で、マウスを犯し続ける。そうしているうちに、相手が圭太だということを忘れていき、自分の肉体の一部を埋め込むということだけに没頭していく。

指が入って行く。舌が入って行く。踵《かかと》が。肘《ひじ》が。髪の毛が。私の肉体の全てをその粘膜で吸い込みながら、マウスは抵抗せずに、ただ震え、体液に濡れながら耐え続けている。

掌の中に唾液を出して、その指ごと圭太の肛門に流し込む。誠は自分から零れ落ちた汗を、圭太の口の中へと押し込む。

圭太の穴の中に私たちの体液が流れ込んでいく。「うっ」という声がして、いつの間にか勃起していた圭太のペニスからとろとろと白い液体が流れ出た。

私たちは圭太の身体から手を離した。

マウスが達することを合図に、セックスは終わる。

まるで催眠術がとけたみたいに、マウスはその瞬間、人間に戻る。そのとき、目の前には私たちに犯しつくされた圭太が横たわっている。

「ごめんね、大丈夫だった？」

私はまるで羊水から出てきたばかりのように、私たちの体液で濡れそぼった圭太に優しく声をかける。圭太は息も絶え絶えに、目を閉じて頷く。愛おしさがこみあげてくる。

子供を産んだあとの母親とは、こんな気持ちになるのだろうか？　この突き上げてくるような気持ちが恋愛なのか、私にはわからない。私と誠は、同じ罪を犯した共犯者になって圭太を見つめている。私たちの肉体と体液で犯しつくされた圭太は、二人がいないと生きられない弱い生き物であるような顔をして、白いシーツを握りしめている。

セックスだからといって、私たちは性器にこだわらない。もちろん、快感が伴う場所なので、マウスを犯すための突起としてペニスやクリトリスを使うこともあるが、使わなくてもかまわない。今日は、私は下着をずらして足の間の突起をこすりつけたりはしなかったし、誠もズボンのチャックを下ろすことはなかった。

私たちの体液でべとべとになった圭太が、精を放った後特有の気だるい顔で、ぼんやりと宙を見つめている。圭太が放った精液をホテルのタオルで拭い、身体を綺麗にしてあげると、圭太は安心したように裸のまま眠り込んだ。穴になり続けて疲れたのだろう。

私たちも疲れていた。時計を見ると、八時ちょうどにホテルに入ってから、五時間が経過していた。

フリータイムが終わるまであと三時間だ。汗をかいたのでお風呂にも入りたかったが、私と誠は圭太を真ん中にして目を閉じた。

まるで親子のように川の字になって、私たちは手をつないで眠った。

トリプル特有の、このマウス式セックスに慣れると、耳と口だけでもマウス役の子が達するようになるらしい。私たちはまだ性器に触れないとそうはならないが、このセックスに身体が馴染んでいくにつれて、私たちの性器と、そうでない穴との境目が曖昧になってきているような気がした。

圭太の髪は、拭ききれなかった私たちの体液で濡れている。圭太の髪をなでると、寝ている圭太が少しだけくすぐったそうに頬をまくらにこすり付けた。

ホテルを出て、これから塾へ行くという誠と、本屋に用があるという圭太と別れると、池袋の駅前で偶然、リカとばったり会った。

「真弓、どうしたのこんなところで。いかにもホテル帰りって感じで、なんだか疲れた顔してる。髪もぼさぼさだよ。そんな恰好で帰ったら、お母さんにトリプルのことばれちゃうよ」

リカが笑うので恥ずかしくなった私は、「リカもホテル帰り?」と聞いた。

「私は違うよ。この辺に予備校があるってだけ」

「リカもかあ。誠も、これから勉強なんだって」

「来年は受験生だもんね。誠くんって、同い年だっけ?」

階段を降りてお喋りしながら改札へ向かっていると、突然、大学生くらいの女の人から声をかけられた。

「突然ごめんね。ね、貴方たち、すっごく可愛いね。私とトリプルにならない?」

私とリカは顔を見合わせて、「ごめんなさい、私も彼女も、それぞれ別に恋人がいるんです」と言った。

「そっか、残念だなあ」

女の人は長い茶色の巻き髪をした、綺麗な人だった。リカは少し笑って、「光栄です」と言った。

トリプルの恋愛が広がって、性別というものも、恋人になる上で大きな問題ではなくなってきているような感じがする。もしイエスと言っていたら、私はリカと恋人になるのだ。女の人が立ち去ってから、ぼんやりとリカを見た。

「どうしたの？　真弓？　なんかぼうっとしてる」

「ううん。なんか、疲れちゃったみたい」

「大丈夫？　トリプルのセックスって、ハードだものね」

私はカップルのセックスをしたことがないから、それがどんなことかはわからない。両方の経験があるリカにはわかるのかもしれない。私は「そうだね」と適当に相槌をうち、白いマフラーの端を握りしめた。

夕食を終え、お風呂から出た私はドライヤーを持ってリビングに行った。テレビをつけると、

「朝まで徹底討論！　トリプルとカップル、どちらが真実の恋人の姿か!?」

というテロップが出ていて、バッジをつけた若い男女が熱心に討論していた。

つまらなくて、タオルで髪を拭きながらチャンネルを替えていると、背後から声がした。

「増口《ますぐち》圭太くん。岡本《おかもと》誠くん。この子たちと、今まで一緒にいたのね」

低い声にはっとして振り向くと、私の携帯を持った母が立っていた。

「勝手に見たの!?」

弾かれたように私が立ち上がるのと、母が腕を振り上げるのとが同時だった。

頰を叩かれてよろめいた私に向かって、母が叫んだ。

「この淫乱女！　あれほど言ったのに、よりにもよって男の子二人となんて！　汚らわしい!!」

母は携帯をソファに向かって投げつけた。

「ホテルで3Pしてきたのね!?　男二人と！　そうなんでしょう!?」

「そんな気持ちが悪い言い方しないで！　人の携帯を見るなんて、お母さんのほうがずっと汚いよ！」

「相手の子はどこの子なの!?　まだ学生のようだけど、警察に訴えてやるわ。これはレイプよ。男の子二人に女の子一人なんて。トリプルなんてくだらない言葉に騙されて！　あんたは輪姦されたのよ！」

「酷いこと言わないで！　私たちは三人で恋人なの。愛し合ってるの！　初めての恋なの！」

「3Pなんかしておいて、純情ぶるんじゃないわよ、同意だっていうならあんたは最低の淫乱よ！　こんな売女《ばいた》に育つなら、産むんじゃなかった！」

私は母に殴りかかった。母は腕を振り上げて、「淫乱！」と叫びながらさらに私の顔を叩こうとした。

その手を弾いて、私は母の頭を、そばにあったドライヤーで殴った。めきっと嫌な音がして、ドライヤーにひびが入ったのがわかった。

母は「うえっ」と変な声をあげて蹲《うずくま》った。私はひび割れたドライヤーを、母の頭に何度も何度も振り下ろした。

「お母さんのほうがよっぽど厭《いや》らしいよ！　何も知らないくせに！　人の恋を歪んだ目で見るなんて、最低だよ！」

私は蹲った母を蹴飛ばして、廊下へと走りでた。

「待ちなさい！　この男狂い！　色情狂！」

母の怒鳴り声を振り切るように、私はスニーカーをつっかけて、外へ飛び出した。

部屋着のトレーナーとハーフパンツのまま出てきてしまったので、外はとても寒かった。辛うじて、ソファから拾い上げて握りしめていた携帯電話で誠と圭太にメッセージを送ったけれど、なかなか返信はなかった。

湯上がりのせいもあり、凍えそうになった私は、近所のリカの家に避難させてもらおうとメッセージを送った。返事が待ちきれなくて、白い息を吐きながらリカの家へ向かう。

リカの家は真っ暗だった。家族もいないのかと不思議に思い、リカの携帯を鳴らしたが、出なかった。

家族で食事にでも出かけているのかもしれない。お金もなくて行く当てもないので途方にくれていると、庭のほうからがたがたっという音が聞こえた気がした。

「リカ?」

もうリカの家族でも誰でもいい、助けてもらおうと庭へまわると、そこには誰もいなかった。

庭には誰もいなかったが、リビングのカーテンが開いていて、微かに明かりがついた部屋の中が露《あら》わになっていた。

私は呆然と、中の光景を見つめていた。

そこでは、ぼんやりとした光のランプだけをつけた状態でリカが知らない男性とセックスをしていた。

二人とも服を脱いでいて、身体を寄せ合っている。そこで行われているのは、私たちがマウスにする儀式のような行為ではなかった。

性器という場所だけに追いすがるように、二人は一心不乱に腰を動かしていた。身体の中で穴はそこだけだとでもいうように、ひたすらに血の色をしたペニスを出し入れしている。裸の腕と腕が、脚と脚がからまり、まるで薄気味悪い軟体動物が蠢いているかのようだ。皮膚と皮膚がぶつかる音が、ガラス越しにここまで聞こえてくる。

二人ともだらしなく口をあけて、わけのわからない言葉を発していた。その獣の鳴き声のようなものが、「あえぎ声」なのだとわかるのに時間がかかった。

私は後ずさった。二人は唇を寄せ合う。どうやらキスをしているようだが、顔が二つしかないキスは、まるで顔の中で口だけが性器だとでもいうように互いの唇を食べ合っていた。

これがセックスなのだろうか？　カップルは皆、こんな行為をしているのだろうか？

同じセックスなのだから、カップルでもトリプルでもそんなに違いはないだろうと、高をくっていた。吐き気がこみあげて、私は口を押さえて走り去った。

走りながら思った。自分もあんな行為の末に生まれたのだろうか？　嘔吐感がこみあげてきて、公園に着いた瞬間、地面にぶちまけた。

しばらく吐いて、胃の中のものがなくなったころ、ポケットの中で携帯が震えた。寒さと嘔吐感で痙攣する指で画面を開くと、圭太からのメッセージだった。気が緩んだせいか、「どうした⁉」というシンプルな文字が、涙でぼやけた。

それからすぐに誠からも連絡がきて、二人はあっという間に駆けつけてくれた。公園のベンチにいる私を見つけると、誠が私にコートをかけてくれた。

「大丈夫？」

私は震えながらも、なんとか頷いた。

「とりあえず、今日は圭太の家に泊まろう。明日の朝になってから、僕と圭太で、お母さんに挨拶に行こう」

「そんなんで、わかってくれるような人じゃないよ。あの人たちは、私とは別の生き物だったんだよ」

凍えているせいで呂律《ろれつ》がまわらなかった。圭太が私の頭を撫でながら、

「何言ってるんだよ、真弓？」

と困った顔をした。

「さっき、友達がセックスをしているところを見ちゃったの。トリプルじゃなくて、カップルのセックスだよ。それを見て思ったの。私たちは絶対に分かり合えない。違う生き物なんだって」

私の言葉に、圭太が驚いた顔をした。誠は黙って私の背中を撫でていた。

「……あんなおぞましいことで私は生まれたの？　トリプルの、ちゃんとしたセックスで生まれた子になりたい。あんな不気味な行為で生まれただなんて、信じたくない」

私は誠と圭太に抱きついた。

「お願い、ねえ、すぐでいいから、私たちのちゃんとした、『正しいセックス』をしよう？　何もかもが汚されたみたいで、吐き気が止まらないの」

誠が真面目な顔をして、漆黒の目で私を見つめた。

「真弓。『正しいセックス』なんて、この世にきっと、ないんだよ。僕たちにとってあれが正しいみたいに、きっとお母さんや友達にとっては、カップルのセックスは正しい行為なんだよ」

「そんなの、気持ちが悪い」

「僕も気持ちはわかるよ。カップルのＡＶなんかを見ると、びっくりするし、吐き気がする。でも、だからといって、彼らが汚れているわけじゃないんだ」

「大丈夫かよ、真弓。ほんとになんか変だぞ？」

心配そうに私の顔を覗き込んできた圭太に、私はしがみついた。

「お願い、お願い、『正しいセックス』をして。私を浄化して。そうでないと、吐き気がして死んでしまう」

「そりゃあ、してもいいけど、まずはどこかへ行かないと……お前、凍えそうだぞ」

圭太は私の冷え切った手を握りながら言った。

「大丈夫。すぐに温かくなるから。ねえ、お願い。トリプルは三人で一つなんでしょ？　このままじゃ、私、壊れちゃうよ」

私のあまりに必死な様子に困惑したように、誠と圭太が顔を見合わせる。

「それじゃあいい、少しだけだよ？　真弓の調子が悪そうだったら、すぐに止めるからね」

私は誠のマフラーに顔を埋めながら、何度も頷いた。この汚れから自分が浄化されるなら、何でもよかった。

空が見える。

空が見える場所でセックスをするのは初めてだと、寝そべってから気が付いた。

今、私は「マウス」になって、公園の奥の茂みに横たわっていた。

あれほど感じていた寒さは、今はもう感じられなくなっていた。

身体中の穴に、二人の肉体の欠片《かけら》が差し込まれてくる。同時に、体液が肌を濡らす。まるで、溶け合った二人の体温の中を漂っているみたいに。

私の穴が二人を吸い込む。そのことが、私を浄化する。まるで二人の胎内を漂っているような心地よさの中で、少しずつ、身体の中に快楽が膨れていく。

二人の体液に包まれて眠りそうになりながら、私は自分の絶頂が近いのを感じていた。

その時、圭太の舌が私の目を舐めた。そのことで、そこから水が流れ出ていたことに気が付いた。

誠が私を慰めるように髪を撫で、私の膣に差し込んでいた指を止めた。そして、圭太に聞こえないくらい小さな声で私に囁《ささや》いた。

「大丈夫。真弓は清らかだよ。きっと、真弓も、お母さんも、友達も、三人とも清らかなんだ。だから他の人の清潔な世界を受け入れることができないんだ。それだけだよ」

それだけ私に告げると、誠は再び口を閉じ、私を犯すだけの突起へと戻った。耳と鼻と口と膣に、同時に突起が押し込まれる。どれが誰の突起で、液体で、何が入ってきているのか、そんなことはどうでもいいことだった。私たちは今、夜の中で三人、溶け合っていた。私は二人の胎児になって、二人から流れ出る羊水の中を泳いでいるのだ。

口に広がる苦さで、自分の喉に精液が流し込まれているのがわかった。その時、私の中で膨れていた快楽が破裂した。産まれるような声を思わずあげた瞬間、私の痙攣とともに、空の星の全てが一斉に震えた。

ほくろ毛

吉田知子

向かい側の建物の白壁に木の影が映ってちらちら揺れている。木は建物の端からだいぶ離れているので影はあいまいにぼやけている。彩乃は日の当たっている部分に意味を読みとろうと目を凝らす。ほら、あそこはカメ、こちらはイワシとアジ。下のほうは川が氾濫して大河になりかけている。駆け寄ってくる大きな獣。バイソンか水牛。突然、大きな影がカメの上を鋭く横切っていった。カラス？　今日も公園のカラスと目が合った。しかし、そんなものをいくら眺めていても胸のもやもやはスッキリしない。

なんだか変。どこか変。

その感じは前からあった。一ヵ月か、二ヵ月前からだ。彼女は窓際の手鏡をとって覗いてみる。貧相な老けた顔だ。目も鼻も小さい。口は大き目。量の多い真っ黒な髪を若いころからずっとうっとうしく思っていた。右顎の下を手で触ってみた。やっぱりだ。そこにほくろがあって何年かに一度、肌色の毛が一本だけ生える。そして、いつのまにか抜けてしまう。よくよく確かめなければわからないほどの産毛より細い毛だが彩乃は吉兆だと思って大事にしている。実際、いいことだってあったのだ。この市営住宅は倍率が五倍だった。齢も三十を越し、誰でもできるパソコンも覚えられず、勤めを辞めて狭い兄の家に厄介になっていたのだ。ようやくファミレスに勤め、低所得者用の市営住宅に応募した。四軒分しか空きがなかったのに、くじ運がよかった。商店街のくじにも当たった。ホテルの豪華晩餐ペアー券。主任の河野弥生さんにあげた。そのときにほくろの毛が生えていたかどうか。

そんなことではない。この落ち着かないちりちりした気分。高揚感。持ちこたえるのに疲れて深呼吸をしてみる。弘のときも喜久治のときもそうだった。ありえない、まさか、嘘だ、思い違いだ、と抵抗しながらも信じたがっている。めったにないことだから。誰かに「恋」されているなんてことは。弘は彼女の手を小さくてかわいいと言った。光沢のある髪の毛を美しいと言った。染めるなよ、パーマもかけないほうがいい。信じてくれ、君と会っていないときは、いつも君はいま何をしてるのかと考えている。風呂へ入っているか、もう寝ているか、ちゃんと眠れただろうか、また明け方まで本を読んでいるのではないか。

弘のことはまるで去年のことのように鮮明に覚えている。もう十年以上たっているのに。弘のときも喜久治のときも相手に言われるまで好かれていることに気づかなかった。ほくろの毛も生えていた。日々がそれまでと違って輝いて色濃く迫ってきていたのに知らなかった。損した。今度は逃がさない。応じるかどうかは別として知らないままでいるのは困る。相手が誰なのか知りたい。

柳瀬さんはいつもフム、フム、ヨシ、ウン、ウン、と掛け声をかけながら食べる。咳きこむわけではない。ファミレスに入ってくるときも新聞を読むときも絶えず声を出す。そういう症状の病気らしい。掛け声なら自発的だが、しゃっくりのようなものらしく、自分では制御できないのだ。食べながらウン、ウンと声を出すのでときには嚙みかけの口の中のものをどろりとこぼすこともある。ほとんど毎日来るので彩乃は柳瀬さんの癖をよく知っており、彼が来るとずっと見ている。口からこぼすと、すぐに近づいて他の客に見えないように素早く彼の服やテーブルや床を拭いてやり、うがいの水を出し、皿を新しくする。柳瀬さんはフン、あんたはいい子だ、ウン、ありがとう、フン、そのうち、きっといいことがあるよ、ウン、と言う。鉄工所をやっているとか。回収業だったかもしれない。病気といっても入院はしない。症状がよくなりもしない。愛想の悪い人で、それだけ通っていながらむっつりしている。それが最近は彼女にウンと頷き、顔を変える。どうも微笑しているらしい。齢は六十くらいで妻子がいるのかどうかはわからない。今日は入ってくるなり、ウム、と言って葉っぱをくれた。「まあ、きれい、何の落ち葉かしら」柿や桜ではない。それより小さいし、柿はもう完全に散ってしまってもうひと葉も残っていない。柳瀬さんは笑いながら首を振る。朱色に染まった葉に淡黄色の葉脈が残り、一面に褐色の斑点が隈取になっている。端正に左右に伸びている葉脈。告知、暗示。公園、カラス、隣の家の車庫の屋根にいつもいる同じカラス。

ああ、ここへ来る途中の公園の木が一本紅葉していたっけ。柳瀬さんも公園を通ってきたのだ。「わっかりました。公園の……あれ、なんて木だったか。アメリカハナミズキ……、いや、違う、ヤマボウシ、そう、ヤマボウシの葉」柳瀬さんはもういつもの席についていた。満足そうにうなずき、片手を軽く上げた。彼女は自分のほくろの毛に触った。柳瀬さん？　いや、ありえない、柳瀬さんではない。別れた喜久治でもない。喜久治はいきなりだった。弘のときの焼けつくような幸福感はなかった。好きだ好きだの一点張り。いちおう嬉しかったし恋人らしい時期もあったが、彼の熱意に負けただけだと思う。別れたときも未練はなかった。一回りも年下の痩せた男だった。

スーパーで白菜を選んでいるとカートにどさりと焼酎が投げ込まれた。イザベルが「今日、いいでしょ、ヤケクソね」と相撲の手刀を切るしぐさをしてこちらを見ている。彩乃はビール派なので焼酎は買わない。つまみ上げようとした手を強くつかまれた。太い腕だから力もあって痛かった。「次のとき一緒に食べると言ったよ。ヤケクソ」しつこく迫られて「また、今度」とは言った。ヤケクソの約束だ。同じ市営住宅でも棟が違うからそう始終顔を合わせるわけではない。その場しのぎのお愛想だった。無邪気に図々しい。この前はカップヌードルをねだられた。彩乃はため息をついてイザベルの厚い唇を眺めた。唇も鼻も分厚く目もびっくりしたような大きな目だ。「ダンナサン、いるよ。子供、一人」と言っているが現在は一人暮らしらしい。「だんなさん、お国へ帰りましたか」と聞いてみる。この前「ダンナサン、帰るね」と言っていた。本国へ帰るのか、彼女のもとへ帰るのか、いくら聞いてもよくわからなかった。イザベルはにっこり笑い、酒を飲むしぐさをした。断るのも面倒になって自分の部屋へ連れていった。よくわからない人とはつきあわないほうがいいのだが、ちかごろはいろいろ寛容になっている。だらしなくなっている。きちんとしていない。ほくろの毛のせいだ。このほっこりした温かい心持ち。かならずやってくるいいこと。幸運。ドキドキするいいこと。そのせいでなんでも見逃し、いい加減に承知してしまう。

ナベの白菜と豚肉が煮えてきた。イザベルは熱心に食べている。部屋へ入ったときは飛び跳ねて喜び、置物や時計やカレンダーまで片端から褒めまくり、近くの安い食べ物屋について語り、今は食べるのに夢中で彩乃に買わせた焼酎のことまですっかり忘れている。若いからか、国民性が違うのか。「落ち着いて食べなさいよ、逃げやしないから」「だっておいしいから。みんな食べちゃうよ。彩乃さんも食べなよ」さっきまでは部屋へ初めて招じられて興奮していたのか高い声だったのに地声は低く湿っている。中学時代の体育教師の声と似ていた。達子先生は小柄で髪を両側に分けてリボンで結んでいた。跳び箱ができない彩乃のために居残りで特訓をしてくれた。先生は彩乃の体のあちこちに触りながら指導した。膨らみ始めた胸や腿やお尻の間まで手が入ってきた。先生の熱い息が彩乃の後ろ首や耳に当たった。

今日、公園のカラスは彩乃の目の前を横切り、電線に止まって、アウ、アウ、アウと大きな声で啼《な》いた。首を垂れて彼女の顔を覗きこんだ。外へ出たとき必ず視野のどこかにカラスがいる。同じカラスなのかどうか彼女にはわからない。後ろから頭をかすめるほど低く飛んできたときは羽の勢いで風があたったほどだ。「もう、本当になんとかしてほしいよね」首をすくめている彩乃にごみを捨てに来た肥った女が言った。もう十時近いのにパジャマ姿だった。「あんた、覚えられてるよ。狙われてるね。外へ出るときは気をつけんと。カラスは頭いいんだよ」パジャマは派手な花柄だった。彩乃は「ええ」と返事したが、別に危険だと思いはしなかった。逆に守られているという気がした。パジャマ女は、まだ、カラスは目を狙うそうだ、とか、巣が近くにあると恐ろしく狂暴になる、とか言い続けていた。よく見れば六十過ぎのようで髪の分け目が見事な白い線になっていた。カラスはこの女のことを警告しようとしたのだ、と思う。啼いたのも言いたいことがあったからなのだ。彩乃を見ている眼を感じる。気配がある。

昼休みに河野さんにその話をした。主任の河野弥生さんは背が高く物言いがきつい ので最初は怖かった。充血した細い目も睨んでいるとしか思われなかった。しゃんと背筋を伸ばしなさい、皿の洗い方がなってない、水を流すのはいっぺんに、と事ごとに文句を言う。でも依怙贔屓はしないし、優しくないだけで、そんなに悪い人ではない。商店街のくじで当たったディナー券は他にあげる人もなかったので、もらってくれるなら誰でもよかったのだ。河野さんにも断られると思っていたら意外にも喜んだ。姑と子供たちがいるので夫婦で出かけたことなどない。ホテルのディナーなんて結婚して以来の出来事だ、銀婚式は去年だったが、これを銀婚式にする、と珍しくたくさん喋った。それから「困ったことがあったら相談に乗るから」と声をかけられた。何度も言うので相談しないと悪いような気がしていた。

「へえ、カラスねえ。私はカラスには詳しくないから」と河野さんはすまなそうに言った。

「いいえ、カラスはいいんですけど、私、この頃、誰かに監視されてる気がして。あとをつけられたり、うちまで覗かれているようで。誰かわからないので気味が悪いんです。もしかしたら神経質になっているだけかもしれません」河野さんは嬉しそうにうなずいた。

「そういうのってストーカーというのじゃない？　あなた、まだ若いんだねえ。とにかく迷惑してるわけね。ほっといちゃだめ。ストーカー殺人事件だって起こってるんだから」

彩乃は河野さんにわからないようにほくろの毛に触った。大丈夫、まだある。

「迷惑かどうかは相手次第です。誰かわからないのが嫌なんです」

「つまり、わからないのが迷惑なんでしょ。被害が出ないと警察でもとりあってくれないしね。無言電話とか送り主不明の変なプレゼントとかはない?」河野さんはなにがなんでも「迷惑」のほうにしたいらしい。「ええと……、そうだ、監視カメラつけなさい。玄関ドアと、それからベランダにも。あなたんとこ市営の一階だったわね。すぐ覗けるもんね」彩乃は内心後悔した。そんなものどこで買うのかわからないし高そうだし、設置するのだって自分ではできない。

「遅番の日の帰り道は表通りを通ること。近道だからって暗い人通りのない道は避けなさい。わかった? あなた案外横着なとこあるから心配よ」「ありがとうございます。少し気が楽になりました。おっしゃる通りにします」と言うと満足そうに何度もうなずいた。それで河野さんがディナー券の借りを返した気になるのなら、やはり相談したのが正解だった。正直すぎ、律儀すぎるから河野さんはみなに敬遠されている。

店は見かけより中が広い。螺旋階段があったり中二階があったり古くさいモダンさがある。螺旋階段は幅がないからお盆を持って上がったり下がったりするのは大変だった。下から丸見えだからミニスカートでは無理だし。中二階の下は天井の低い個室ふうが三つ。その隠れ家のような一室に入った老夫婦がオムライスを注文した。見覚えのあるペアーだ。半月ほど前、彼らは坂道を歩いていた。片側は二メートルの崖だった。手をつないで互いに支え合いながら登ってきた。博物館の駐車場の車止めに腰を下ろした。まだ息が上がっているのに、「ナカマチは」と言った。少し休んで「やっぱり止めといたほうがいい」と言った。「それですむなら、そうしてる」問いと答えにちがいないが、どちらが訊いてどちらが答えたのかわからなかった。同じ声だった。体つきも似ていた。どちらも背が低くて丸っこかった。眉が薄く目が小さく皮膚にはもうどんな弾力も残っていない。この店のオムライスは老人に人気があるのだ。PR誌に広告を出したのか、あるいはグルメ情報誌にでも取り上げられたことがあるのか、電車に乗って遠くから来る人もいる。フム、フムと言いながら食べる柳瀬さんは定食ばかりでオムライスは注文しない。席も螺旋階段のほうには行かず、窓際に座る。オムライスの夫婦は何も喋らない。「ナカマチ」は、もう解決したのだろう。顔も服装も地味、というより野暮ったく田舎くさく、どう見ても博物館へ行ったり噂のレストランへ行ったりする人たちには見えない。田んぼや畑のほうが似合う。

　昼の客が一段落したらレジにいる河野さんがせわしなく手招きする。行くとメモを見せられた。
　○口の周りにドーナツ形に髭を生やした男

○メガネ屋の金子
○前にいっしょに歩いていた若い男
○回転ずしの安田
一つずつ指さしながら説明する。何回か来たことのあるドロボウ髭、いかにも怪しいじゃない。斜め向かいのメガネ屋の息子。どこかの会社に勤めてるというけど、彩乃さんをじっと見てるのよ、ときどき。ああいう気の弱そうな男ってストーカーしそう。それからここへ迎えに来た顔の小さい男、この頃こないから別れたのかもしれないけど、向こうはそう思ってないかもしれないでしょ。真っ赤なズボンはいたりして何か変わったことやりそうな人だと思っていたわ。もう一人は表通りの回転ずしの背の高い店員。あなたが忘れ物したってここまで持ってきたでしょ、普通そこまでしません。ただのお客に。ええと、それからあなたの住んでいるとこのご近所さんというのもアリだし……。

ハアー、まだ終わりじゃなかったのだ、と彩乃は少しうんざりした。河野さんはメモを鉛筆でつついたりして真剣に考えている。三年前の喜久治のことも覚えている。まったく油断できない。全然知られてないつもりだった。喜久治は隣町の本屋の店長だ。本屋といってもＤＶＤが主で雑貨小物や玩具も置いていた。初めのうちは稚拙に強引に迫ってくるのが快かった。少しも心が動いていないから、かえって相手のことがよくわかった。仕事も恋愛も単純に猪突猛進するタイプ。挫折を知らない。感情のひだが粗い。頭は悪くなく、仕事もとんとん拍子で、その若さで店長にまでなっている。半年くらいだったか。別れ話も何もなく疎遠になっていき、会わなくなり、そのことに気づかなかったくらい自然だった。

「ドロボウ髭は関係ないでしょう。まだ学生らしいし、注文とって料理を運んだだけで、話はしてません。そんなのまでいれたらきりがないもの」

「あなた見なかった？　鼻や唇にピアスつけてたのよ。髪はところどころ緑に染めていて。お髭はどうして緑でないのかしら」河野さんはよほどその男が気になっているのだろう。もう一度「緑のお髭」と言って吹きだした。熱中している。結局、ドロボウ髭ピアス男はリストから外さなかった。この日は河野さんに文句をつけられたり、叱られたりした人は一人もいなかった。帰る挨拶をした時、河野さんは両目をパチパチ閉じたり開いたりした。ウインクのつもりらしい。機嫌がよくて浮き浮きしていた。

早朝、まだ寝ている窓の外で誰かがオイ、オイと言う。道を歩いている人の声とは違う。道までは三メートルあり、間に桜やサツキなどの木が植えてある。道際にはピラカンサスの垣根もあるので、よほど大声でないと話し声は聞こえない。道ではなくて、この部屋のベランダでオイ、オイと呼んだのだ。

彩乃は起き上がってカーテンの隙間からそっと外を見た。ベランダは幅一・五メートル、目隠しの柵は八十センチくらい。物干し竿と物置、バケツ、洗濯機、段ボール箱、植木鉢が数個。夏の間はパセリ、ネギ、青紫蘇、バジルなどを植えていた。今はカラの鉢だ。別に何も変わりはない。誰もいない。ベランダにも、その向こうの道にも。自動車が通っているだけで歩いている人はいない。思いきってカーテンを開けてもう一度眺めた。バケツの横に光るものがある。そばまで行ってみると直径三センチの金色の星形のものだった。クリスマスツリーのてっぺんにある星だ。そんなものがどうしてここにあるのか全然覚えがない。風で飛ばされてくるようなものでもない。拾い上げて撫でてみた。そうか、もうすぐクリスマスか。クリスマスには、みんなは二人で、あるいは家族でデコレーションケーキやリボンつきのチキンを食べ、プレゼント交換をしたりするのだろうか。知っている人の顔を思い浮かべてみた。河野さん、そんなことはしない。柳瀬さん、オムライスの夫婦、絶対しない。イザベルは相手がいればする。クリスマスに限らない。いつでも機会さえあれば食べて騒ぎたいのだから、やはりクリスマスとは無関係。ここでおかしなことに気づいた。河野さんの例のリストの男たちは全員クリスマスっぽいことをやりそうなのだ。それも家族とではなく恋人と。若いのだ。二十代から三十代前半だ。彩乃より十以上若く頼りない。河野さんは自分が興味を持った若い男を選んでいる。口うるさい真面目な人、つまらない噂など大嫌い、と思われているがそうでもないのかも。

早く起きてしまったので駐車場わきのごみ置き場へ生ごみを捨てに行った。鎖を引きずった小さな犬がごみ袋の上を跳ね回り、袋を引きちぎったりしている。散歩中に脱走したのだろう。元気よく暴れているのがイザベルと似ている。彩乃が追い払おうとシッ、シッと手を振ると、生意気に牙を剝いてウウーッと唸った。猫ほどの大きさの室内犬だから別に怖くはないが嚙みつかれると厄介だ。睨み合っていると大きなものが空から舞い降りてきて間を横切った。羽音も大きく、大鷲かと思ったが、バス停の屋根に止まったのはカラスだった。犬もおびえたのか、もうどこかへ逃げてしまった。こちらを見ながらガタガタ狭い屋根の上を歩いていたカラスもアウと啼いて飛び去った。もしかしてあのカラスは彩乃の危難を救ったつもりか？

顔にローションをつけながら顎のほくろの毛に触ってみた。もう抜けるころではないかとひやひやしている。まだあった。幸福感もなくなってはいない。とはいえ、前ほどの高揚感はなくて少し焦ってきている。知らないうちに抜けてしまうのではないかと恐れている。美容院ではいつもは多すぎる髪をすいてもらうだけだったのが、今日は思い切って短くし、濃い栗色に染めてパーマもかけた。「色がお白いからどんなヘアスタイルもよくお似合いよ。眼もパッチリしてほんと、かわゆい」こんな小さい目でもパッチリと言ってよいのかどうか。小さくとも形はいい。鈴形で黒目が大きい。耳の下でカールしている毛が軽やかだった。髪の毛の色や髪型について、おおむね彼の言うとおりにしたので縣さんはご満悦だった。「前からこうしたかったのよ。ほら見て見て、三倍くらいいい女になったから。メイクも、もうちょっと考えてほしいな。眉毛、もうちょっと細くしようよ」縣さんは彩乃の頬を両手で挟んだ。「いいお肌。こんなきめ細かな肌はめったにないわよ。もうちょっと血色がよければずっと若く見えるんだけど」ポケットからブラシを出して彩乃の目の周りを撫でる。眉毛を細くし弓形にしたら、顔がやさしく明るくなったようだ。この美容院は顔のマッサージやメイクにも力を入れていて、来るたび勧める。おねえ言葉の縣さんの頭は五分刈りの体育会系で趣味は空手とマラソンだとか。筋肉質で痩せている。ときどきねっとりした目で見たり、意味もなく顔や肩に触ったりする。しかし、それは美容師としての習性だろう。まさか彼ではないだろう。

兄は部屋へ通してもコートも脱がず、盛んに手をこすり合わせている。同じような建物ばかりだから迷った、と言っている。彩乃はストーブを強にした。兄は大柄で肥っていて色黒、夏みかん肌、彩乃と似ているのは小さな丸い目くらいのものだ。

「隆叔父さんが亡くなったのは二年前だったかなあ。お前も葬式には出ただろ。息子の孝道が調布に家を建てて住んでるんだ。知っているだろうが東京の会社だからな。それで今度叔母さんもこっちの家やなんか全部処分して、息子のほうへ同居することになったそうだ。お前、覚えているか？　叔父さんって、昔、町で小さな店をやってただろ。その土地、おやじのだったんだ。で、返すというから。売れたらお前にも回すけど、十二坪半だから、いくらにもならないだろう」隆叔父の店は乾物屋だったたか干物屋だったたか、いずれにしても子供には何の興味もないお店だった。地方都市とはいえ、街の中心部に近いのだから、そこそこの金にはなるだろう。彩乃はほくろの毛に触った。「いいこと」がそんなことでは面白くない。兄は悪い人ではないが相当ケチだ。何ヵ月か居候をしているとき充分わかった。居候といっても貯金やアルバイト代から食費分くらいは出していたが。兄は来ることを電話で予告していたからケーキを買っておいた。酒はあまりいけず、甘いものが好きなのは知っていた。コーヒーを飲んだだけでケーキには手を付けず、コートも脱がなかった。勧めると、会社の嘱託医にあと一キロでも増えたら糖尿病だと脅されてるんだ、と笑った。プールに行ってせっせと歩いているが、週に一回では成果も出ないし。水飲んでも肥る。兄は土地の話をしてから急に思いついたように部屋をじろじろ見まわした。

「相変わらず殺風景だな。ストーブより炬燵《こたつ》のほうがあったかいだろう」

「だって部屋が狭くなるもの」

「そうか。……なるほど……。それであれか、ずっとこのままなのか？」

「なにが？」

「だから、男、というか、結婚しないつもりなのか？」

「まあ、相手がいりますからね」

兄は二十四歳で結婚している。子供も、すでに大学生と高校生になるだろう。いや、順調なら社会人と大学生か。別におかしいことを言ったわけでもないのに兄はちらっと歯を見せて薄く笑い、そりゃあそうだ、と同意した。神経質に自分の膝をトントン叩き、「じゃあ、また来るからな」と言って帰って行った。口には出さなくても兄の内心はわかっていた。彩乃が齢をとって働けなくなったとき、彼のお荷物になることをおそれているのだ。

結婚という言葉を聞くのは久しぶりだった。三十代の初めころまでは彩乃もこの言葉に無関心ではなかった。結婚もできないダメ女と見られているのではないかとびくびくした。二十代には結婚しかけたこともある。母がまだ生きていたころ。お節介やきの大伯母も健在だった。見合相手の顔ももう忘れてしまった。相手の男が交通事故で入院したため結婚は延期になり、そのまま中止になった。重傷という話だったが見舞いに行ったときは普通に話した。

弘のときは結婚を意識した。結婚式や結婚後住む家、子供について話題に出たし、自分でもいろいろ考えていた。彼がロスアンジェルス勤務になったと聞いたときは驚いたが、それで終わりになるとは夢にも思わなかった。ホテルの二十何階かにあるフランス料理のレストランで弘は言った。

「君には外国暮らしは無理だ、そんなこと強制できないよ、待っていてくれとも言えない、赴任期間は最低五年といわれているんだ。お互いそう若いわけでもないしな」

弘は彩乃の顔を見なかった。そこから見える夜景に目を奪われているふりをしていた。

そのあと、どうしたか覚えがない。たぶん、そのまま帰ってきたのだろう。

ベランダの小物干しに下着やストッキングを干し、部屋へ入ると追いかけるようにバサバサと大げさな羽音が聞こえた。こんなに近くでカラスを見たことはない。相当に大きい鳥だ。逞しい。ベランダの柵に止まって横向きになった。頭、首、胴体、尾羽、足、どれも鳥として万全の格好よさだ。全体にバランスがとれて実に美しい。スズメや鶏のようにきょときょとせず、落ち着いている。首を下げ、くちばしを少し開いた。声に出さずに啼いているようだ。カラスには顎があるのに気がついた。いまでは光るものを持ってくるのはカレだとわかっている。ゴルフボール、ドアリース、緑金のモール、光る銀の玉のついた棒も何かの飾りだろう。オイ、オア、アウ、グルル。目が合うと違う声を出す。まるで九官鳥だ。ごみ置き場で向かってきた室内犬を追い払ったのもカレ。

カレはこちらを見ている。室内にいる彩乃と顔の高さが同じくらいだ。眼は暗褐色で思慮深げ、そして悲しげでもある。昨日、彩乃は頭が痛かったので店を休んだ。夜中に吐いた。明け方には治まったけれどノロかもしれないと思って大事を取った。昼過ぎだったろうか、カレがベランダでグルウ、グルア、グア、と十分も啼き続けて耳がヘンになったが追い払いはしなかった。満ち足りた思いがしていた。どんな時も、外にいてもうちの中でも昼でも夜でも自分を見守っていてくれる目がある。一人ではない。ベランダにカレがいて、室内に彩乃がいる。

カラスは柵の上を数歩歩いてこちらへ近寄った。重々しく優雅に片足ずつ上げて歩いた。雄か雌かわからない。若いのか年取っているのかもわからない。こうやって近くで見ると顔も態度もいかにも分別盛りに思われる。雄で人間の齢なら四十ちょっと。じっとこちらを見ているカレに彩乃は言った。

「ねえ、いろいろ持ってくるの止めてくれないかしら。迷惑だから」言ってからこんな言い方では気を悪くするとおそれ、あわてて言い直した。「あの、迷惑というほどでもないけど。持ってくるのは大変、でしょうから、もう結構です」カラスが首をかしげてじっと見ているので、つい丁寧な言葉になってしまった。


深い考えもなくほとんど発作的にその場の気分で髪を短くして染めてしまった。顔だちも性格も物言いも陰気で地味だから誰も何も言わないと彩乃は思い込んでいたが、そうでもなかった。調理場の人たちにも明るくなったとか若くなったとか褒められた。「わあ、よかったじゃない」と主任の河野さんは声を上げた。早とちりしているようだった。「心配することなかったんだ。彼が髪を切れと言ったわけね。うまくいってるんだ」まだ聞きたそうだった。彩乃は「はい」と答えてロッカーへ急いだ。

河野さんはついてきて「ねえねえ、私の知っている人？　そうでしょ。私にだけは教えてよ」と言い募る。忙しい時間で他の人が河野さんを呼びに来たので助かった。何もわかったわけではない。それでも、まだ胸の底のほうにほっかりと暖かい甘やかなものがある。

店へ入るとき、カレは店の前の街路樹に止まっていた。グヮーグヮーと声をかけてくれた。ここへ来るときも一緒だった。彩乃の歩く速度が遅いのでカレは始終電柱やよそのうちの屋根や生け垣に止まって待っていなければならなかった。どこかの店からジングルベルが聞こえてくる。玩具屋かケーキ屋だろう。小声で歌いながらエプロンをつけた。明日は早番だからイザベルを誘おう。毎日はいている黒パンツは止めてワインカラーのフレアースカートに兎毛カラーのコート。若いころと同じサイズだから着られるはずだ。縣さんにメイクしてもらうかどうかはもう少し考えるとして思い切って豪華な夕食を食べたい。イザベルの部屋はわかっている。何回も教えられた。今まで一方的に絡みつかれるだけで、こちらから誘ったことはない。いるだろうか、イブの晩にじっとしているだろうか。彼女にも相手があるかもしれない。ダンナサンが帰ったとか、男友達に誘われているとか。そもそも夜の商売のようでもあるからイザベルは無理だ。

柳瀬さんがまたものをくれる。今度は枯れ葉ではなくてきれいな小さな箱だ。花柄の包装紙に派手なリボンまでついている。エエッとびっくりしていると「ハン、ケーキだ。アッツ、アム、髪、似合うよ、いいよ、グン」と褒めてくれた。「ありがとう。柳瀬さん、大好き」口からするりと出てしまった。こんな軽口をたたいて、馴れ馴れしいことを、と顔が赤くなった。柳瀬さんはにこにこしている。彩乃の腕を軽く叩いてうなずいた。柳瀬さんは死人のような青黄色の顔色で渋いものを食べたような目鼻立ちで、どこからどう見てもいい男とは言えないが、もうちょっと若くて、もうちょっとウン、フン、ガアというのが少なければいいのに。十秒おきだからとてもまとまった話はできない。

そうだ、カレと行けばいいのだ。夜中はダメでも夕方の六時くらいまでならいいだろう。夜だってベランダに気配を感じる日がある。グルルルと声もした。明日は五時前に上がるから、駅前の繁華街へ行こう。その時間ならもうイルミネーションもつけられているだろう。カレの好きなキラキラした電飾、金や銀の星、玉。戸外にテーブルや椅子を並べた喫茶店でコーヒーを飲む。外は寒いから暖かい帽子をかぶり長いブーツを履いて。キャンドルが揺らめきコーヒーから熱い湯気が立ち上る。カレは頭上の木に止まって彩乃の話に相槌を打つ。ああ、それからイアリングを買おう。短い栗色の巻毛に似合う、そしてカレの好きな金の輪がいくつもつながって垂れているイアリングを。

顎を撫でるとつるりとして毛の感触がない。彩乃は鏡を見るのを後回しにした。うっとりした楽しい時間をもう少し続けたかった。

逆毛のトメ

深堀 骨

陋巷《ろうこう》の天才人形師で天才家具職人で天才発明王だったゼペット爺さん（日本人）は天才呑んだくれでもあったが、天才故に己の腕のよさを過信するキライがあり、それに呑んだくれ特有のアルコホリックな誇大妄想も手伝って、美しい人形や素晴らしい家具に加え、それに倍する数多《あまた》の理解不能な道具やら器械やら装置やらを拵《こしら》えて来た。そんなゼペット爺さん（日本人）が窮死した後には、美しい人形や素晴らしい家具といった芸術性高い品はとっくに売れてしまって、当然の如く理解不能な道具やら器械やら装置やらがわんさと残された。これらをどう処分するか、それらに一体価値があるのかないのか、関係者達の頭を悩ませることとなった。その中に、逆毛のトメも残っていた。

逆毛のトメは生前のゼペット爺さん（日本人）御自慢の逸品で、昔日に「ゼペット若さま（日本人）」と呼ばれていた（本人談、証人なし）頃、一人の吟遊詩人から

「仏蘭西人形《ふらんす》を作ってほしい」との依頼を受けた。依頼主の詩人は、ゼペット爺さん(日本人)が棲む界隈を彷徨《さまよ》い歩いては詩作に励み、自作の詩を町中で朗読しては生ゴミを投げつけられたり、汚水や大小便をかけられたりしていた。彼の作る詩は、バナナとか葛餅とか鳩サブレーについて謳った作が多くて、それは取りも直さず彼にとっての御馳走(若しくは高貴の象徴)がバナナとか葛餅とか鳩サブレーであったことを意味するのであるが、或る日、非文化圏の陋巷から若干離れた場所に赴いた吟遊詩人は、赤煉瓦に蔦《つた》の絡まる、古びたベタな洋館を見つけた。詩人がここぞと許《ばか》り、自信作の冒頭の一節「おゝ黒蜜に溶けし黄粉《きなこ》よ」を吟ぜんと太く息を吸った刹那《せつな》、蔦に隠れた窓が開いて、金髪碧眼の美少女が顔を覗かせた。詩人は口から飛び出す寸前の黒蜜と黄粉を思い切り気管に吸い込んで噎《む》せてしまった。咳き込む詩人を興味無さげに一瞥すると、異国の少女は再び館の内に引っ込んでしまった。詩人は洋館の近所をスタコラ駆け回って、例の如く何やかやをかけられたりぶつけられたり殴られたり蹴られたりの努力の結果、件《くだん》の洋館の美少女がお仏蘭西から来日した貿易商の愛娘だという事実を摑んだ。父の貿易商が日本に来たのは何故かアメリカザリガニの買付けが目的だという噂もオプションでついてきたが、それは不要な情報であり、問題は陋巷を彷徨《ほうこう》する薄倖の吟遊詩人がお仏蘭西産の美少女に戀心を抱いたという事実なのだが、大方の読者の予想通り、戀心を抱いた途端に一家はお仏蘭西に帰国してしまった(アメリカザリガニは米国により多く産することに気づいたらしい)。絵心が無く、実は詩心もかなり怪しい詩人は、己の乏しい記憶とバナナも葛餅も鳩サブレーも喰わずに貯めた銭を頼りに、数少ない知友の似顔絵描きに何とかかんとか描かせた「窓辺に佇む金髪碧眼の美少女像」を持参して、「ゼペット若さま(日本人、本人談)」を訪ねた。

「この女の子そっくりな人形を作ってほしいんだ」詩人は懇願した。

「んなな、天才の俺様にしてみりゃ朝飯前のラジオ体操第二よ」と、「ゼペット若さま(日本人、本人談)」だったゼペット爺さん(日本人)は快諾した。そしてバッタもんのピカソ然とした似顔絵描きの描いた、キュビスムのモンタージュ写真みたような似顔絵を見ながら、あっという間にセルロイドやら何やら企業秘密のかんやらで、会ったこともない美少女に生き写しの和製仏蘭西人形を作ってしまった。正に天才の為せる業である。それだけならば、この人形は詩人に引き取られてゼペット爺さん(日本人)の手許には残っていなかったのだが、そこで天才的呑んだくれ特有の気紛れが起きた。碧《あお》いお目目に金色の髪、フリフリドレスを着せて、頭にはボンネットを被らせて、扨《さて》、完成というところで「足りない」と思った、何かが足りない、物足りない。だから足りない「物」を付け足した。折角着せたドレスをまた脱がすと、乳房どころか乳首すらない幼児体型の軀《からだ》から生えた二本の短くふっくらした脚の間に、そこだけは矢鱈《やたら》と精巧なヴァギナを拵えてしまったのだ。正に天才か狂人の神業である。無論のこと、金色の陰毛も一本一本丁寧に植毛したが、元々癖毛だったのか、下に垂れ下がらずに一々上に反り返ってしまった。いつも人形を作る際には、材料の毛髪類は知り合いの毛問屋（本業は饂飩《うどん》屋）から仕入れているのだが、何処ぞの毛唐女から買い取ったのか、その女が生きてるのか死んでるのか、今度暇があったら確かめてみたいものよ、なんぞと考えつつ作業は更に独自の領域に突入し、膣内には、人形の背丈よりやや短い程には長い螺旋状の鋭い鉄の針を仕込んだ。そして愛らしい顔と首にも要らぬ小細工を施した。碧い目と金髪の可愛い和製仏蘭西人形の筈《はず》が、首を回すと、人形浄瑠璃のガブみたように邪鬼の形相に転じ、同時に膣から螺旋状の針が飛び出す、素敵なからくり仕掛けなのだった。その針がワインの栓を抜く為の、つまりはコルク抜きにされてしまったのだった。ゼペット爺さん（日本人）は出来栄えに御満悦だったが、バナナの皮も葛餅にかかった黄粉も鳩サブレーの欠片も喰わずにこさえた銭を懐中に、お腹と背中を高密度で付着させ蹌踉《そうろう》とやって来た詩人は、人形を一目見て怒りのあまり臨死状態になり、直ぐ蘇生した後には「ひどい」だの「むごい」

だのと喚き散らした。

「こんなんじゃない、僕のフランボワーズはこんな化物じゃなあああい」そして人形を投げ捨てると、ゼペット爺さん(日本人)の顎に一発お見舞いして泣きじゃくりながら走り去って行った。その後の詩人の消息は誰も知らないし、誰も興味を示さなかった(含む似顔絵描き)。

「風流の分からん野暮天だったな」若さまだったゼペット爺さん(日本人)は腫れた顎を撫でながら、むっつり右門《うもん》みたく嘯《うそぶ》いた。そして人形には「フランボワーズ」なんぞ云う莫迦《ばか》げた名前はつけず、癖のついた陰毛に因んで「逆毛のトメ」という抜群な名前をつけて、愛蔵するに至った。

当の逆毛のトメにしてみたら、自分の名前が「フランボワーズ」だろうが「逆毛のトメ」だろうがどうでも良かった。ただ、ワインとか本当に興味無かったんで、ボルドオだろうがブルゴオニュだろうがボジョレ・ヌウヴォだろうが赤だろうが白だろうがロゼだろうがそういったことは一切関係なく、単純に栓抜きとして使われるのが辛抱ならなかった。ゼペット爺さん(日本人)は呑んだくれであり、酒と名のつく物は総て体内に流し込んでいたが、特に好きだったのは(日本人)らしく二級酒だったので、トメの栓抜きとしての出番は比較的少なかった。だが、偶《たま》のお出ましとなるとこれが嫌で堪らない。

トメのヴァギナは精巧に作られていたが、肝腎要のクリトリスが欠如しており、その代用品としてかどうかは知らずコルク抜きの針が仕込まれたので、トメは螺旋状の鉄製のクリトリスの持主だったとも云える。謂わばトメは、ワインの栓を抜く際にクリトリスをコルクに突き立ててグリグリすることになる訳で、この作業がトメは大嫌いだった。この不快感は特段に性的な苦痛——例えば人間女性の生理痛といったようなもの——ではなく、会社員が何時間も続く不毛な会議や打ち合わせにうんざりする、あの不快感にいちばん近かった。トメ本人は無論そのような「不毛な会議や打ち合わせ」という事柄は知らなかったが、煎じ詰めればそれに似たものだと察しはつくのだった。

しかし、ゼペット爺さん（日本人）が生きている内はまだ良かった。稀《まれ》にワインを開ける機会を除けば、逆毛のトメは可愛い人形として棚の一郭に展示され、陋巷の天才の手に成る無数の品々の中でも飛び切りの綺麗どころとして女王然と振る舞っておれば良かったからだ。それは掃き溜めの鶴であり、時間が止まった花魁《おいらん》道中であり、周囲の品々はトメの妖艶な姿に吐息を洩らし、熱い視線を送ったが、トメはそれらの反応を傲然と見えない障壁で遮断した。それでも図々しく色目を使い、カサノヴァ気取りでモーションをかけて来た阿片吸引用水煙管《みずぎせる》(此奴は斜め向いの棚から長いパイプを触手みたように嫌らしく、執拗《しつこ》く伸ばして来た)には、鬼女の面を晒して「しゃーっ」と唸り、股間から鉄の針の先端をチラつかせただけで、ビビって二度と変な真似はしなくなった。

胃毛《いけ》並鐵太《なみてつた》と長良《ながら》街誤《まちご》堂《どう》が逆毛のトメと邂逅したのは、オークション会場でのことだった。オークションの目玉はオッケペケ共和国の旧国王サナトリア・サナトリウム二世の木乃伊《みいら》であった。中身の木乃伊は論を俟《ま》たず、と云うか、それよか本体を保護している豪奢な包装紙、即ち黄金の棺と黄金の仮面と衣裳に注目が集まっていた。しかし、二人の男は何処にあるかも知らぬ蛮国の王の木乃伊なんぞに目もくれず、無数のゼペット爺さん(日本人)の遺品の中でも一際光り輝く逆毛のトメを熱っぽく粘い眼で見ていた。

胃毛並鐵太はワイン愛好家だった。勿論それは後付けで単なる成り上がり者に過ぎない。柄の悪さと押し出しの強さ、加えて鑢《やすり》で削ってもいっかな減らない強靱な神経を武器に、ゴリガン戦法と裏切り戦術で世知辛い浮世の波を渡って来たどてらい無頼漢である。爪楊枝で歯をシーシー音を立ててせせりのの、樫のステッキを振り回しののの、周囲の人間に「んじゃねえ、んじゃねえ、死ね、んじゃねえ、くそ、この、てめ、んじゃねえ」とか金切声で指図しのののの、トメをしげっと眺め遣りのののので、セルロイドの皮膚がのののののっと鳥肌立った。

「あの親爺、肝。＆、怖」トメは思った。

　長良街誤堂は美少女愛好家だった。家には昔美少女だった妻がいるが、歳月を経る内に美女の段階を飛ばして一気に無愛想な中年女に化学変化してしまった。最近は夫婦仲もギクシャクしている。気分がささくれ立った時に誤堂はまだ見ぬ美少女を求めて町を彷徨う。今日も今日とてオークション会場にふらりと訪れれば、そこにトメがいた。ギザギザハートを鷲掴みにされた誤堂は是が非でも天上の美しさを誇るお仏蘭西人形をば手に入れんと熱い眼差しを向けた。

「ヤだ、ガン見してるよあのおっさん。変態じゃね？」トメは思った。

　軈《やが》て喧騒を極めたオークション会場に、笠の台にはバッハみたようなヅラ、手には木槌、唐獅子チューリップの刺繍も絢爛豪華な化粧回しをキリリと締めた裸身にサーモンピンクのバスローブをでろりと纏ったポスト・ポストモダンな美意識メキメキで徐《おもむろ》に入場して来たのは、オークション会場を司る神にしてオークション会場を全方向に睨《ね》めつけるオークション会場の主、オークション番長ことジオヴァンニ・ランバルド・古大久保《ふるおおくぼ》であった。オークション番長ことジオヴァンニ・ランバルド・古大久

保（通称・番長）は眼光一閃、開口一番、

「だぅしりゃぃぃぃぎゃ、しゃうっ」

と塩辛声で叫んだ。皆一斉に静粛になった。番長は続けて、

「えぺどりゃ、せぇぇぇっとかっぷろおぇぇぇぇてばぁっつやっ」

と咆《ほ》えるや、癇癪を起したように木槌でカンカンと演台を叩き出した。すると会場のスタッフ達はケツの穴に花火を突っ込まれたかのように慌て出し、次から次へとオークションにかける品を引っ張り出して来た。それらの品々を番長は一々親の仇か何かみたく憎さげに睨んでは、

「あっぴ、ちゃっぽんぬぃぃぃぃらせったく、ん？」

と語尾を上げつつ、会衆に目を移す。皆一瞬目を逸らしたが、その直後魔法がかけられたみたく、

「えぺ」

「えぺ」

「えぺぺ」

「ぐぺぺ」

と声を張り上げて競り出した。品は次々に競り落とされ、特にゼペット爺さん（日

本人）の残したガラクタの殆どはバカ安値で落とされた。買い叩かれたのはまだマシで、買手もつかない代物も多かった。嘗《かつ》てトメをナンパした水煙管に至っては、胃毛並鐵太に落札されたと思ったら「んじゃねえ、くぬ、んじゃねえ、死ね、んじゃねえ、んにゃろ」とかいう喚き声と共に床に叩き付けられ、挙句にステッキで木端微塵《こっぱみじん》に破壊されてしまった。その場に居た品々は皆、水煙管の断末魔の悲鳴を聞いて聞かぬふりをし、トメも右に倣った。同情心は湧かなかったが、マジビビった。

番長は会衆が競っている間にも「えべえべえべえべえべ」と塩分濃度百パーセントで唸り続け、品が落札される毎に木槌で台を狂ったように叩きまくっては「がにゃっぽり」とか「すでっぱぎゃ」と咆哮し、唾を飛ばし、四股を踏んだ。そして次の品が披露されると、会衆を睨みながら「しゃもありにゃん、しゃもありわん、べでぇえ？」と語尾を上げる、と再び、

「えぺ」

「えぺ」

「えぺぺ」

「どぺぺ」

と競りの声が会場を埋め尽くす、その繰り返しだった。単調さに好加減《いいかげん》飽いた頃に

自分の名前を呼ばれたので、危うくトメは邪鬼の面相に変じるところだった。

「あ。とぉぉめぇぇ。あ。とぉぉめぇぇ。あ」と番長は、行司みたく呼ばわりながらシコシコと四股を踏み、そして「むきゃあ」と哭《な》いた。会衆達が一斉に「わぁお」とどよめいた。トメは己の美貌に相応の自信は持っていたから、どよめきに対して傲然かつ嬌然と振舞えた。その娟然たる艶姿に魅入られ、陶然とした会衆どもは、忽ち騒然と声を振り絞り、会場は興奮と狂熱と背脂《せあぶら》の嵐となった。

胃毛並鐵太が怒鳴った、「えぺ」

長良街誤堂が叫んだ、「えぺぺ」

胃毛並鐵太ががなった、「えぺぺぺ」

長良街誤堂が喚いた、「えぺぺぺぺ」

胃毛並鐵太が咆哮した、「ぐぺぺぺぺ」

長良街誤堂が絶叫した、「ぐぺぺぺぺぺ」

胃毛並鐵太が恫喝した、「ぎゃぺぺぺぺぺ」

長良街誤堂が断定した、「ふにゃ」

会衆がどっとざわめいた。既に皆両者の競り合いについていけずに降りていたが、誤堂の「ふにゃ（正確には「ふみゃ」と「ふぎゃ」の間で発音）」には驚愕した。天高く吊り上がったトメの値に、口々に「ふにゃだってよ」「思い切ったな」「ふにゃなんて、初めて聞いたぞ」「大丈夫かあいつ」なんぞ囁いている。

「ふにゃ？　ちゃうえぇえ、ちゃうえ？　ふにゃ、ちゃうえ？　ちゃうえぇぇぇぇ、ちゃうえ？　ふにゃ？」番長は両者の顔を狡そうな眼で見比べながら、値が吊り上がるか否か露骨に催促している。トメはセルロイドの気持をときめかせながら、一観客として茶番劇を愉しんでいた。

やおら鐵太が打って変って蒼褪《あおざ》めた顔で「ふにゃにゃ」と云ったが、その声音にはそれまでの傲岸不遜さが稍《やや》欠けていた。それに被せるように誤堂が「ふにゃにゃ、ぺ」と云うと、鐵太の顔は蒼から藍に変色し「ふ、ふ、ふ、ふ、ふにゃにゃ、ぺぺ」と漸《ようよ》う蚊の哭くような声を出した。

透かさず誤堂が口を開きかけた時、と云うよか透かさぬようで透いていた間隙を縫って、蚯蚓《みみず》が一疋《ぴき》、誤堂の右耳の孔にニュルッと入り込み、口から出る筈だった言葉は遂に出ることなく終った。茹で過ぎたナポリタンの麵みたようにケバ赤く太った蚯蚓は、時速二百五十キロで誤堂の脳味噌まで到達した。誤堂は伐採された木の如く倒れた。

鐵太は「ふにゃにゃ、ぺぺ、ふにゃにゃ、ぺぺ」と我が物顔で勝ち誇り、さっきまで他人事だった筈なのに「あ〜れ〜」とか思ってるトメを引っ攫《ひさら》うと「んじゃねえ、けえるぞてめえら、んじゃねえ、くそ、んじゃねえ」とステッキを振り回しながら帰ってしまった。後に残された会場は大惨劇だった。蚯蚓は後から後から湧いて出て、そこいらに屯《たむろ》してた者達に見境なく襲いかかった。何処から湧いて出たかと云えば、それは本日の目玉であったサナトリア・サナトリウム二世の木乃伊であった。

風雲のオッケペケ共和国で件の木乃伊が墓泥棒どもに強奪されたのは、数えて四十余年の昔に遡り、この会場に辿り着くまでの有為転変に流血の惨事が少なからず起きていた。人はそれを〈サナトリウムの呪《のろい》〉と称えたが、種を明かせば浪漫主義的な呪にあらず、即物的な蚯蚓だった。

サナトリア・サナトリウム二世の軀は新米木乃伊職人の乾燥の不徹底から木乃伊とは似て非なる生乾き状態となり、醱酵《はっこう》してチーズ化したところへ、美味い餌と温《ぬく》い巣を求めてオッケペケチスイミミズ、俗称ではドラキュラ蚯蚓とも人喰い蚯蚓とも大味な名前で呼ばれたオッケペケ共和国土着の蚯蚓どもが、勝手に棲み込んでは喰い散らして繁殖していたのだった。生きた人間の血の匂いを嗅ぎつければ、巣から這い出し新鮮なジュースを心行くまで吸い尽くすのだった。

番長はどうにか狂乱を鎮めんとて「えべすてん、しゃっぷな、とねばがじぇ」と怒鳴りつつ、木槌で台を叩きまくり、四股で蚯蚓を踏み潰しまくったが、最早どうなるものでもなかった。至るところ蚯蚓が跳梁跋扈《ちようりようばつこ》し、会衆やスタッフ達の目、鼻、口、耳、肛門の五組八穴、女の穴も加えて六組九穴、更には尿道に通ずる小穴にも強引に入り込む猛者もいて、計七組十穴から潜り込んでは血を吸り、肉を貪った。さしも海千山千の番長も、化粧回しの裏は無防備なアナルにアタックを喰らい、「ちゃぶや」と小さく呟いて死んだ。餌食達は血みどろの死屍を累々と積み重ね、死ぬか死に損うかどちらにしても悲惨な末路を辿り、暗黒と退廃と蚯蚓千疋だけがその猛威を恣《ほしいまま》にする許りだった。

　機を見るに敏な胃毛並鐵太はとっとと会場を後にすると、帰宅して、寛いで、然る後に落札した人形との正式な御対面である。書斎にはジャンボなプラズマ・テレヴィジョンが鎮座ましまし、四六時中フレッド・アステアとジンジャー・ロジャースが踊る姿をモノクロームに映し続けている。無頼漢の鐵太は得てしてそういう映画を見るのを好み、アダルトな映像なんざゲロが出ると公言していた。彼はテーブルにトメを置いて、上機嫌そうに「んぁいうぉ、くぁたりつぐうちゃめえにいいいい、んぁいもうんまれちゅうぁ」とか戯唄《ざれうた》を唄いながら、暫し満足げに眺めていたが、一旦出ていった。残されたトメは、白と黒の毛唐の男女が軽やかにステップを踏むのを見ていると、気持が弾んだようになって、己のセルロイドで出来た軀がもっと別の何かしら心地好いものに変るような気さえして来た。それはきっと天上の素材で、穢れ切った地上には存在し得ない、神と天使が作り給うた肉体なのだった。そうすれば、トメも今間近く見ている、この愉しげに踊る男女と同じように踊れるんじゃないだろうか。トメは初めて気づいた、「私は踊りたいんだ」ということに。私は人形でもないし、況《ま》してや栓抜きでもない。踊ったことはないけれど、「私は踊り子なんだ」と胸を張りたい。「だって気分はもう踊り子なんだもん！」、そう叫びたかった。

しかし、戻って来た無頼漢の鐵太はワインセラーから〈シャトオ・ド・コオルケッツ〉と読めるラベルの貼られた赤ワインを一本、食器棚から切子のグラスを一個持って来ると、

「んじゃな、お嬢さんよ、あんたは栓抜きだからな、んじゃねえ、コルク抜き人形だからな、この、ワインのコルク抜いて貰うぞ」

と話しかけたものだから、トメは逆毛が一層反り返る程に怖気を震い、そして猛烈な怒りを覚えた。私は踊り子だ、栓抜きじゃない！　とたった今宣言したのに、云うに事欠いて〈コルク抜き人形〉とは！　何たる侮辱、そこな下郎許すまじ！

「んじゃねえ、一体どういう仕掛けになってるんだか、鳥渡《ちよつと》拝ませてもらおじゃねえ

の、んじゃねえ、何だこりゃ、くそ、このオメコよく出来てやんな、くにゃろ、こっから出て来んのかよ、ちくしょ、しかも毛まで生えてら、んじゃねえ、逆毛だ」とか下卑た口を叩きながら、ドレスの裾を捲って下半身を弄《いじく》り回すのである。トメの針は鐵太の汚らしい指にズブリと突き刺さった。

「んぎゃあ」と鐵太は引っ繰り返ったが、容赦はしない。貴様が〈コルク抜き人形〉と呼ぶのであれば、私は貴様のコルクを抜いてやる。私は天上の踊り子なんだ、そんなことは雑作もない。トメはふわりとテーブルから浮ぶと、鐵太の笠の台に舞い降りて、頭頂部の旋毛《つむじ》目掛けて針をめり込ませた。「ぐぴ」と鐵太が白目を剝くのと、トメが邪鬼の面相に変ったのとは同時だった。針は滑らかな螺旋を描いて石頭を貫通し、頭蓋骨を貫通し、脳味噌を貫通し、頭部全体を貫通した。一連の作業中のトメは、だらだらと続く会議にうんざりする会社員の気持を存分に味わっていた。針が喉仏まで達したところで、トメは頃合良しと判断した。神と天使がましますす場へ届かんと、一気に自分の軀を天高く持ち上げた。**スポン**と景気のいい音がして、鐵太の笠の台は胴体から抜けた。トメの首が幾廻転かすると、抜けた頭は不出来な南瓜《かぼちゃ》みたく絨毯に転がり、トメの顔も美しい仏蘭西少女に戻った。アステアとロジャースは一部始終も知らぬげに、能天気に踊り続けていた。

「不味《まず》い饂飩だ」似顔絵描きは饂飩を一口啜って独りごちた、「何時喰っても糞不味い」

「不味い不味いって人聞きの悪いこと云うな」当の饂飩屋が文句をつけた、「営業妨害だ」

「ここの饂飩が不味いことは、常連は百も承知だ、でも皆来てる。だから営業妨害にはならねえ」云いながら七味を山程饂飩にかける。

「五月蠅《うるせ》え、他の客は美味いから来てんだ。おめえみてえな莫迦舌とは訳が違う。そんな七味ぶっかけやがって、この莫迦舌が」

「莫迦舌だと。巫山戯《ふざけ》んな、抑々《そもそも》こんな下水みたいなツユ、何で出汁《だし》とってるんだ。泥か。糞か。それとも」似顔絵描きは殊更に声を潜めて「髪の毛とかアソコの毛とか煮染《にし》めてるのとちゃうか」

「わ。おめえ止めれ、髪の毛とかアソコの毛とか、兎に角毛の話は止めれ」饂飩屋は途端に狼狽し、唇をペロペロ嘗め出した。

「おめえ、ゼペット爺さん（日本人）に毛を卸してたんだろ。饂飩屋の裏の顔、それは毛問屋」

「実家は炭団《たどん》屋だ」

「知るか。爺さんの名前が出たからって訳でもねえが、例の爺さんが作った仏蘭西人形を落札した男が首チョンパされた事件あったろ」

「それがどうしたい」饂飩屋こと毛問屋は嫌な顔をした。

「あの現場から人形が消えてたってよ」

「じゃあ、殺した奴が盗んだんだろ」

「それがさ。男の生首にはヂンヂロゲが数本、絡まってたっていうのさ。それもパツキン」

「止せやい」

「おめえが卸した毛だろ。どっからめっけて来た毛なんだ、おい、毛問屋。パツキン女なんかと何処で知り合った。おいこら毛問屋」

「だぁかぁらぁ、毛問屋て云うのは止めれ。他の客に聞かれたら困る」

「パツキンは何処だ」

「守秘義務」

「毛問屋ぁ」

「止めれ」といった会話が陋巷で姦《かしま》しく交わされている間にも、町では首チョンパ殺人が続発していた。被害者は主にオトコで稀に同性愛者のオンナもいた。刑事や探偵や俄《にわか》探偵や偽刑事達が頭を悩ませたのは、生首が切断ではなくて痛快丸齧りに捻じ切られていること、死因が脳天から貫通した謎の螺旋状の傷だったこと、そして現場に残された無闇に勢いある金色の陰毛だった。

「こっから導き出されるケロッツンは。いや結論は、」陋巷の老練で老獪《ろうかい》な鬼警部は推理した、「ホシは彼のゼペット爺さん（日本人）作製の和製仏蘭西人形兼コルク抜き『逆毛のトメ』に違《ちげ》えねえ」

その神の如き名推理に対して上司や部下からは「老人ボケだべ」という低評価が下された。ただでさえ陋巷は吸血蚯蚓の異常繁殖で老若男女を問わず上を下への大騒ぎと来てるのに、連続首チョンパ殺人事件はスケベな男かスケベなレズ女しか被害に遭わないらしいので、イキオイ放ったらかしにされた。スケベな男とスケベなレズ女は恐怖に戦いたが、同情されなかったのはお気の毒様だった。

オークション会場で耳に蚯蚓が潜り込んでしまった長良街誤堂は一命は取り留めたものの、以来脳味噌の動きが不自由になった。頭の中でTPOを弁《わきま》えずに凄まじい雑音が入ったり、激痛が走ったり、果は痒くて痒くて堪らなかったり、それこそドタマかち割って脳味噌引っ張り出して亀の子束子《たわし》に磨き砂なすりつけてゴシゴシしたくなったりで、どうにも難儀な日々だった。しかも夫の難儀に対して、妻の菜ボ奈はいっかな同情や労りの言葉もかけやしない、どころか「また頭が痛いだの痒いだの、仮病なんか使って人の同情ひこうたってそうはいかないんだからね」と口汚く罵倒するのだ。あり得ない悪妻である。クサンティッペなんぞ目ではない。つくづく誤堂はこの世の非情と我が身の不幸に絶望した。

誤堂は菜ボ奈を愛したから、菜ボ奈も誤堂を愛したから結婚したのではなかったか？　若き日の菜ボ奈はこの世の者とも思われぬ美少女だった。それが今や、心の醜さを反映して菜ボ奈の顔の何処をどう突っついてみても美の欠片もありはしない。冷静に判断しても醜女《しこめ》の部類に属する。醜女に罵声を浴びせられると脳味噌が更なる機能障害を起す。五月蠅くて六月蠅くて七月蠅くて八月蠅くて死にそうになる。あの美少女は夢か幻だったのか。長良街誤堂は美少女をこよなく愛する者だったのに、何を間違ってこうなったのか。ここにいるこの女は一体何だ、顔全部が唇の化物の癖しやがって。今もこの女は俺に向って何やら喚き散らしてる、「……だからあんたは会社もしくじって……あたしがパートで草臥《くたび》れて帰って来たってあんたはちっとも……こんな甲斐性無しだなんて思っても……の方もてんで下手糞だし……もう全然使い物になんない……勃ちもしないし……勃ちひろし……水鉄砲かよ……加齢臭がひど……印度人かっつーの……印度加齢……爪哇《じゃわ》加齢……そにちば……すしをみ……づくさなだ……づくとご……とごにれもいっちゃればいいんら……あんらなんか……あんなか……もなか……しらまつが……」云ってる言葉が加速度をつけて意味不明になっていく、ここな昏妖怪。こんな訳分からんことばっかほざく化物はやっつけてやる。**うりゃーっ。**

やっつけた。昏のお化けはこの俺様が退治した。俺の足下には件の妖怪が昏をズタズタに切り裂かれて伸びてやがる。真っ赤な血がこんもりと盛り上って雪崩を打ったようにフローリングの床を流れている。床が埃だらけだからこんなに盛り上っているんだと気づく。掃除もしないで文句ばっか並べやがって、昏女め。まだ蠢いて「ふが、ふが」とか云ってやがる。止《とど》めを刺さねばいかん。**えいっ。**

誤堂は化物の息の根が完全に止まったのを確かめてから家を出た。夜だった。三日月が獣の血を吸った鎌みたように紅く染まっているのを見上げたら、笑いと涙とユーモアとペーソスとウィットとエスプリが怒濤の如く軀の中から込み上げて来た。もう滅茶苦茶だった。俺は割れ煎餅みたく毀《こわ》れてしまった。この世そのものもとっくに毀れてる。もーどーでもいー、すきにすりゃーえーやんかー。だから誤堂は夜の町を好き勝手に彷徨い歩いた。歩いて歩いて歩いた挙句、小さな公園に辿り着いた。薄汚い陋屋が庇を鬩《せめ》ぎ合うのを何とか割り込んで作ったような狭い、ちっぽけな隙間だった。遊具らしきものも殆どなく、植込みの常緑樹の葉も澱んだ空気で煤《すす》けている、でも公園だった。少女がブランコに乗ってる、漕いでる、揺らいでる。誤堂は近づいた、月が陰鬱な紅い影で少女を朧《おぼろ》げに浮かび上がらせる。ボンネットから食み出た金髪、碧い眼、人工的な白い肌。異国の美少女だった。美少女愛好家の俺が美少女だと認めたのだから美少女だ。前に何処かで見たことがあるような気がしたが、もう今の脳味噌ではそれすら分からない。まーどーでもいー、美少女なんだから。

トメはブランコから勢いをつけて飛び降りると「おじさん、会ったことあったっけ？」と云った。

「やっぱり、会ったことあるのか。僕は、君と」誤堂はかすれた声で応えたが、またもや場を弁えぬ頭痛が襲って来て地面に倒れ伏した。

「だいじょぶ？」トメは云った。

「だいじょぶ、じゃない。もう駄目だ」誤堂は藪蚊の哭く声を洩らした、「死ぬと思う」

「何故死ぬなんて思うのかな？」トメは訊いた。

「頭がもう毀れてるんだ。痛いんだ。それと、痒いんだ」

「痒いんだ？」

「頭を割ってくれよ」誤堂はトメに懇願した、「脳味噌を思い切り掻《か》き毟《むし》りたいんだ」

「それ、マジ？」

「マジだ、お願いだ」

「じゃ、分かった」トメはこっくりと頷くと「スカートの中を覗いてみ」

云われた通りにトメのドレスの裾に首を突っ込むや否や、一瞬にして誤堂は天上へと誘われた。螺旋状の針は彼の腐乱した脳味噌を貫通し、廻転し、攪拌した。命が消える間際に誤堂は生まれてこの方、感じたこともない快感を得た。もう一つの幸いは、邪鬼に変った少女の顔を見ずに生を終えたことだった。彼の首と彼の軀が分断されて地に落ちると、双方から流れ出る血と共に、無数の肥え太った蚯蚓がまた新たな血を求めて這い出して来た。

「肝！」トメは見るも汚らわしい生き物どもに厳しく宣《のたも》うた、「私は踊り子なんだから、踊り子に相応《ふさわ》しく貴様等を扱ってやるから、そうお思い！」一喝すると、蚯蚓達の上で軽やかに、しかし力強い足取りでステップを踏んだ。モノクロームの男女ペアを思い浮かべながら、何時かあの二人みたく、素敵な殿方と一緒にステップを踏む日を夢見て――

タッタッタッ。ブチャッ。グチャッ。ビチャッ。

タラッタッタッ。ブチュッ。グシュッ。ビチュッ。

「……おゝ黒蜜に溶けし黄粉よ……」と謳う干乾びた声が、微かに夜の腥《なまぐさ》い空気を震わせたが、その言葉通りに闇に溶け込んで消えた。

カウンターイルミネーション

安藤桃子

水面に墨を垂らしたように渦巻く雲が割れ、そこから射す陽の光が巨大なカーテンをつくり出している。その合間を何隻もの船がゆっくりと進んでいた。

私の船も間もなく出発する。総勢三十名を乗せた帆船は地中海を渡り、アフリカ大陸も越えインド洋に向かう。その間に幾度も小さなチームに分かれ、私は船頭二人と共に、生きた鶏や食料、そして航海には欠かせぬライムを積み込み大河を目指し進んだ。

大河に出ると更に小さなカヌーに乗り換え、最後には一人、隔離された世界の未開拓の地にて、未知の部族と出会うまで水面をさまよい続けた。

河を漂流して三日目の朝、小高い山を見つけたので、ひとまずそこから地上に上がった。山に登り眼下を見下ろすと、一ヵ所だけ鳥達が集まる地点を発見した。生き物達が集まるのは、彼らが水を慕ってその土地に棲み付き、それは土地のエネルギーが高い事も示していた。旅を続けていると、そういう自然の掟を知らぬ間に理解している自分に気づく。森の中心に位置するその場所にたどり着くと、小さいが深さのありそうな澄んだ池が存在していた。私はそこで水を補給し、あえて歩を進めるには厳しそうな方角へと歩き出す。経験からいけば、数日もすると集落に行き当たるはずだった。時々雨が降ると、緑したたる密林全体が泣いているように、あたりが一挙に湿る。私の生まれた家畜の国とは違って異次元の世界のように、この地では太古の生命体と新しき生命体が奇妙に入り交じり生息している。あたり一面気ままに飛びかい、地に這いつくばる昆虫たちのほとんどが、採集された事のなきものであり、ここは私が初の目撃者となるであろう不可解な生き物達で満ちあふれていた。

単独行動の私は、危険を避ける為夜は一睡もせず闇と対峙し、日中も数時間ごとに歩を止め小休憩をとるだけだった。天空に広がる星の群れは、旅の道しるべであると同時に、永久にたどり着けぬ地へと私を操っているようでもあった。

太陽が沈みかけ、西の空に明るい星が現れる頃、私と夜との戦いがはじまる。太古の状態がそっくり残された森で魑魅魍魎《ちみもうりょう》や獣を牽制するには、火を焚き続ける事が絶対条件であった。炎を中心とした半径五メートルまで近づき、夜が明けるまでこちらをじっと凝視し続ける者達の意図は不明だ。私を食い殺す為なのか観察しているだけなのか。私たち人間が思考するという知を持つ生き物である限り、そこに生まれる恐怖は果てしない。大自然の中では、本能と太陽の動きに忠実に生きなければ、些細な出来事が死に直結するのだ。

繰り返し訪れる夜明けを数えるのも億劫になってきたその日、森の奥から何かが燃える煙の匂いをほのかに感じた私は、ひたすらその根源を求めて進んだ。匂いを辿れば集落に行き着くはずだったが、不運にも降りはじめた強い雨で情報はかき消されてしまった。

日中は相変わらず皮膚を焦がすほどに日射しが強かったが、朝夕は冷え込み、北からの風を感じるようになっていた。鳥たちが叫び、愛を交わし合う森を抜けると、急に土と岩だけの開けた土地に出た。切り立った岩山の並ぶ乾いた土地は、まさに荒野だ。更に歩き続けて数日、巨大な石が複雑に重なり合うところに出た。岩と岩との間を通る狭い道を行くと、ちょうど人が一人潜れるくらいの産道のような穴があり、そこを抜け出たところで磐座《いわくら》らしきものを発見した。磐座の手前の岩肌には液体が流れ出て風化したような白い痕がある。何かが幾度も血を流し、強い日射しで乾燥したのであろうその痕跡は、ここで自然崇拝の部族が生け贄の儀式を行っていることを物語っていた。集落は間近に迫っている。

巨大石を登り、下り、岩のトンネルを抜け出ると大きな崖が私の目前に広がっていた。疲労と乾燥で霞んでいる視界に、遠近感を失った崖がグラリ傾いて見え、高熱を出した時のような立ちくらみを覚えた。気分の悪くなった私は目を閉じ、呼吸を整える。再び目を開けると、傾いて見えていた崖の手前に、無数の家が立ち並んでいた。岩山と崖と同色の土壁で出来た小さな家々は、人家というよりも巣穴のようだった。集落に近づくと、部外者を寄り付かせないためなのか、そこら中に石が積まれているのが目に入る。比較的大きな家の前には犬小屋ほどの土で出来た円錐形の祠《ほこら》が建てられ、白いペンキのようなものがかけられている。家々の形も実に個性豊かで、外壁一面に小棚が作られているものや、家自体が悪魔の顔のようになっているもの、扉に神話らしき物語が彫刻された家もあった。円錐形の祠のある家の屋根には動物の生き血なのか、錆びた赤色のものがかかっており、外壁に鶏の死骸が吊り下がっていた。円錐の祠と積み上げられた石は、その先にある何かを守る為の結界だろう。奇妙な装飾の施された村に立ち入ると、土と石の乾燥した匂いと、ほのかな香辛料の香りがするだけで、辺り一面が静まり返っていた。誰一人として姿を現さないが、調理しかけの食い物や残り火、獣を捌いた、濡れた血痕もある。皆息をひそめ、私を観察しているのかも知れない。危険を承知で、私は結界を突破することにした。村の奥に位置する悪魔が大口を開けたような形の家までは、随分と手前から結界が張られていた。生活用品を作る為に皮を剝ぎ取られたのであろう大木の裏手の円錐形の祠を過ぎ、生き血のかかった家まで来ると、家の脇に老人が座っているのが見えた。粉のふいた墨色の肌の枯れ枝のような男が、穏やかな顔で私を見た。宗教的、または呪術的な意味があるのか、その顔の額の中心に黒い点が彫られており、あごの下や、腕、腹にも同じ黒点の入れ墨が施されていた。その洞穴のように深いまなざしから、彼がこの村の長《おさ》である事が分かる。私は鞄からコラの種《たね》を取り出した。それをそこに置いてゆけと身振りで示す老人。町のマルシェで購入した興奮作用のあるこの赤い種を差し出すと、大抵の部族が友好的態度を示すのだ。結局数メートル先に座る老人にそれ以上近づく事が出来なかった私は、赤い実だけを置いて立ち去った。

来た道を引き返すと、先程まで人っ子一人いなかった村は人で溢れていた。それぞれ何事もなかったかのように、石で豆や穀物を砕いたり、大きな臼の中を長い木の棒で突いたり、それぞれの日常を過ごしていた。私が手を挙げ挨拶すると、どの人間もリズムの良い言葉で歌うように返した。

獣の頭蓋骨がいくつも埋め込まれた家の青年が、ナイフと一羽の鶏を手に私のほうへ歩いてきた。私の目の前まで来て、鶏の首をかっ切る。村のハンターであろう青年は滴り落ちる鮮血で指先を濡らし、自分の額から鼻にかけてその血でなぞる。再び指を濡らし、私の額にも線を引く。呆然としていると、今度は私の首を切り裂くかのように、彼の指がこの首に触れた。

おでこに付いた血が垂れ落ち、半開きだった私の口の中に入ると、村中の者が大笑いした。青年は最後に自分の額に横一文字の線を描き加え、立ち去った。青年の額の赤い十字と、口に広がる鉄の味はそれから何日も消える事がなかった。

この一件のあと、村人達の緊張が解けたのを感じた私は、この場所に逗留する事に決めた。村の外れに空き家を見つけ、その平らな屋根の上で寝た。

夜になると気温は一気に下がり、崖の真上から薄い月が昇り、星々はこぼれ落ちんばかりに青白く輝いていた。意識は覚醒しきっていたが、長い間身体を横にしていなかった為、目を閉じると急激な重力を感じた。何処からともなく激しいドラムの音が聞こえはじめる。水中に音をくぐらせたような、変調する独特なドラム音と女性の甲高い声、男の呪文を唱える声、獣の叫びのような合唱が夜空で渦巻きはじめる。

翌朝、強烈な陽の光と蠅の飛びまわる音が、私を異次元の眠りから現実へと引き戻した。屋根から降りて村の中心へ向かうと、中年の女が甕《かめ》から濁った水をすくい私に飲ませてくれた。家の前の地面に布が敷かれ、その上に唐辛子やエシャロット、タロイモ類が転がっている。女はその脇で火を焚き、無骨な石器で調理をはじめた。私が空腹を訴えると、香辛料の効いた汁と、タロイモをこねた灰色の粘土のような団子を千切り、与えてくれた。よく言えばニョッキのような、喉に絡み付く団子は食道で膨れて詰まりそうだったが、スープの香辛料が唾液をそそり、それをうまい具合に流し込んでくれた。その土地の水を飲み、そこで育ったものを口にすると、肉体は土地のエネルギーと共振する。そして食べることは人に生きる力を与えてくれる。探検家の核とも呼べる、好奇心が再び沸き立った。

中心地の先には、厳重な結界の張られた呪術師の家があった。その土壁一面には複数の小棚が掘られ、様々な薬が置かれていた。私が結界の外側に立っていると、中から眼光の鋭い男が出てきて手招きをした。結界を越えて彼の元へ近づくと、男は私の服を脱がしはじめた。私には首の後ろから背中にかけて生まれつき三つ黒痣があった。その痣に触れ、何か唱えた男はどこかに消え、数分後に少年を連れて戻って来た。少年の身体にも他の村人達と同じく、身体中に黒点が彫られていた。呪術師が少年の身体を指し示しながら語りだす。勿論私には理解不能な言語だったが、その音は懐かしく、彼の言わんとしている事が自然と分かった。

この原始的な部族では、その者の生まれた日時の星の座標を身体に彫り、その者が病に侵された時は、その黒点を針で刺すと治ると信じられていた。全ての病は霊的なものであり、村の呪術師はその時の星の動きと、患者の身体に彫られた黒点とを照らし合わせて治療を施すようだった。

夜になると再びドラムの音が響き渡る。彼らと繋がる天空の星々と私の身体にある三点の黒痣。頭上に光る星座達とシリウス三連星。天の目とも言われるシリウスは、太陽信仰以前の星信仰の対象であった。三位一体の星を信仰し、その位置で一切を計り生きている彼らにとって、突然の私の訪問は何か特別な意味を持つようだった。

私を受け入れた村人達の生活は、神秘と驚異に溢れていた。私たちの文明とは全く無関係に進化し続けてきた彼らの生き様は、超越している。自然の摂理と調和して生きる人々と過ごしていると、魔法でも使えるような錯覚に陥った。彼らは人類の起源であるとされるアダムとイブや、神が人の形をしているという説を、陳腐で傲慢な主観的概念に過ぎないものだと私に教えた。神は理論の上に存在し得ない。その事実を母国の家畜人間達が知った時、彼らの世界は崩壊し、秩序を失い、聖職者たちは死すらいとわないだろう。真実を目の前にしたとき、人は理性を失い発狂する。ここは、家畜国家の発狂材料で出来ていた。人間の価値とは一体何処にあるのだろう。

その娘は村の外れにぽつりと建つ小屋に住んでいた。集落から隔離された場所に位置する小屋の壁には、醜穢《しゅうわい》な容貌の、股間から真っ二つに裂けた、男性器と女性器を併せ持つ両性具有の生き物が描かれていた。

彼女は樹皮で縄を編み、実を石でつぶし、時には空を見上げ、古くから伝わる物語を紡ぐように一人歌っていた。花が咲き、散りゆく儚《はかな》さを伝えるような歌声は、彼女を見つめる私への誘惑の子守唄のようだった。

私はバラの花が好きではなかった。人類よりも遥か遠い昔に生まれたバラは、人に愛されるために生殖器をいじられ、人が美しいと思う形に変えられてきた。目の前にいる娘は神の創造した姿のままそこに立っている。その姿は神そのものであり、ありのままを抱く事で私の中の汚れた人間は光に溶ける。男が女と交わる時、人は神と一体化するのだ。

深夜、あのドラムが響きはじめると同時に彼女の元を訪れた。村人達の興奮が頂点に達する時刻、人のものとは思えぬ祭りの叫びとドラムの音と共に、娘も私の腕の中、小さく鳴いた。朝日が昇るまで、深く果てしない夜を繰り返し、娘のほうからも私を求めるようになった頃、彼女は月経の血で染めた衣をくれた。衣は契りを交わした証だと推測し、私はそれを大切に保管した。

衣を受け取った翌日、その奇妙な小屋から彼女は姿を消した。私は娘を探し、村をくまなく歩き回ったが、彼女が私の前に姿を現したのはそれから随分と経ってからの事だった。狩りの手伝いをし、獲物と共に村に戻って来ると、腹の膨れあがった娘が母親と共に男達に囲まれ、腹の子の父親が誰であるのか、誰かに陵辱されたのではないかと尋問を受けているところだった。娘が不純行為を犯したことを隠蔽しようとした罪で、母親までもが裁きにかかっていた。嵐のように責め立てられている娘は涙も見せず、ただ真っ直ぐに前を向き、その横で母親はうずくまり、地に頭をこすりつけていた。

月経の血は不純であるため、生理中だった娘は家族から隔離され、月のものを終えるまで、例の小屋に閉じ込められていたのだった。しかも彼女は割礼の儀式を行う前の、決して触れてはならぬ生娘であった。

それから十月十日《とつきとおか》を満たすまで、子の父親が誰なのか、娘は一切口を割らなかった。村の長をはじめとする男達で行った集会の結果、彼女はそのまま子供を産む事になった様子で、娘は再び例の小屋で一人生活をはじめた。彼女が黙秘し続けるほどに、私の胸はヘドロを飲まされたような重圧で膨れ上がり、逃げ出せないほどに身体は凍り付いていた。そして子供が生まれる恐怖とは裏腹に、娘と新しい生命への熱き感情も込み上げていた。

気温が頂点に達する白昼、木の枝にしがみつき、娘は元気な女の子を産んだ。愛らしいその赤子の目は青く、肌の色を見れば、白人である私の血が混じっている事は一目瞭然だった。無論私は彼らに捕らえられ、衣服を剝がされ、村の大木に首を吊られた。脱力すると首が絞め付けられるため、疲労や眠気で意識が遠のきそうになる度に踏ん張り、私は命懸けで立ち続けた。

白人である私の皮膚は、日光に照らされ焼かれると、汗腺の機能が破壊される。それでも、ここでの生活で徐々に太陽熱に皮膚が慣れてきていたので、極度の直射日光を避ければ身体機能も少しは調節が利くようになっていた。しかし、どんなに調節が利く肉体になろうとも必要最低限の水分は必要だ。この灼熱の地で水を与えられず、吊るされた私の目の前に死神が浮かび上がる。渇ききった喉で出もしない唾を飲み込もうとする度、嗚咽が漏れる。嘔吐を繰り返し、ささくれ立った唇に蠅がたかる。火傷をした皮膚は夜風に悲鳴を上げ、日が昇るとひどい頭痛が襲い、眼球をくり抜いてしまいたい衝動に駆られた。太陽の放射する殺人光は、摩擦と衝突を繰り返す事で、生きとし生けるものを生かし育み続ける、あたたかい光に変化する。しかし、この時ほど太陽を憎んだ事はなかった。網膜が焼け焦げるまで、私はその光を睨みつけた。

あの爆弾のような燃える天体さえも、いつの日か冷たい死の星となり、宇宙の片隅で消えてゆくのだから。

ジャッカルの鳴き声よりも澄んだ遠吠えのような、長い音で目が覚めた。子宮という名の宇宙船を持つ、女性だけが奏でる事を許されている遠吠えは、私と娘とその母親、そして赤子を裁く儀式の開始の合図だった。宇宙の星と交信をするその音を聞いていると、超音波を耳にしているような錯覚に陥る。縄を解かれた私が運ばれて行ったのは集落から随分と離れた場所のようだった。

崖の頂上、凸凹と起伏する岩山に横たわる、直径七メートル程の平らな石の上が儀式の舞台だった。そこに村の女達の姿はなく、既に赤子をかかえた娘と母親が、舞台上で跪《ひざまず》いていた。彼女達に対面する形でそびえ立つ岩山には岩船があり、そこに長と呪術師が座っている。私はその岩山のふもとに立たされた。いく種類もの仮面をつけ肉体に様々な装飾を施した男達が私を取り囲み、踊り始める。縦に長く伸びた顔、獣の耳を付けたもの、全身が細く裂かれた木の皮で覆われたもの、竹馬に乗っているのか、背が異常に高いもの。仮面に施された装飾とくり抜かれた穴の奥に光る眼球が、視覚的錯覚を生み出す。分厚い仮面の奥から見つめられると、吐き気と目眩《めまい》がして、魔術にかかったように私は微動だにできなくなっていた。呪術師の合図で仮面の男達が私をつかみ、引きずり、娘の母親の元へと連れてゆく。男達が母親の衣をはぎ取り、足をつかみ、陰部を露にさせる。男達が恐怖におののく私の股間を無理矢理そこに押し付ける。このひどく哀しい状況下で、理性を失った私は興奮していた。母親は祈りを唱え続け、その異常な光景を目の前に、娘は赤子を一層強く抱きしめながら、闇の中の獣達のように眼をらんらんと、星のように光らせていた。呪術師が舞台に降り立ち、娘から赤子を奪う。男達の無秩序な激動と地を踏みならす音、母親の祈りの声、忘我の境地に陥った私の喘ぎと、赤子の母を求める嘆きの声。呪術師が鋭利な石のナイフで赤子の心臓をひと突きした。絶句する娘の頭にみるみる血がのぼり、眼の色が怒気によって深紅に変わる。娘の怒りが頂点に達したとたん、仮面の男の一人がその首を勢いよく切り落とした。吹き出る血潮を浴びながら、それを器に溜め、長を筆頭にその怒りに満ちた赤い液体を口にする男達。呪術師が石の上で彼女の腹を裂き、子宮を千切りとると、それを天高く夜空の星に向かい掲げる。その子宮は舟。赤子は神のお供として、宇宙へと旅立つ為に、長と呪術師がその場で食し、消化した。

翌日、元々所有していた物だけが手渡され、私はこの村を去った。私の狩った獣の骨も、彼らの作ってくれた土人形も、娘がくれた月経の血染めの衣も持ち帰る事は叶わなかった。

旅を終え、自国に戻った私は、普通の男がするように、友人の紹介で知り合った今の妻と一緒になった。無論、海を渡り、その土地土地で出会った女達との体験は決して忘れられず、時が経てば経つほどにその肉体は生々しく私の中で蘇るのだった。あの村で大木に括られ太陽を凝視した時の火傷で、私の目の中には今でも黒点が焼き付いていた。白い曇り空を見上げると黒点が目の動きと共に飛び回る。この目の中に黒点がある限り、あの常軌を逸した体験を一秒たりとも忘れる事はできないのだ。

あるときこの街で、肌の色は違うが、例の部族の娘に瓜二つな瞳を持つロマの女に出会った。私はその女に大金を渡し、ホテルの部屋に連れ込んだ。女を裸にすると、その肉体にはあの星の黒点が刻まれていた。薄い肌の色をした女は決してあの部族ではないはずだったが、私はその奇跡とも言える出会いに驚愕した。女に刻まれた黒点を丁寧に愛撫し、私の頭が下腹部に触れると、まるで海の底にたどり着いたかのような低い耳鳴りがした。この女は、あの部族に殺され、神の旅のお供に連れ去られた私の最初の子供を思い出させた。子宮から聞こえてくる振動は、深海の鼓動。真っ黒な渦潮にのまれ海底に落ちた私は、そこで巨大な深海魚と出会う。

眠りに落ちてしまった私が目を覚ましたとき、既に女の姿はなかった。その帰り道でひどく腹の減った私は、初めて入った店で深海魚を口にした。その味は、どんな女とのエクスタシーよりも強烈な、今までに感じた事のない最上級のものだった。

昨日は初雪が降った。創業百年を超えるホテルのレストランで妻との食事を済ませ、もう一杯飲みたかった私は彼女を先に帰し、一人、石畳を歩いていた。乾燥した風がコートの隙間をくぐって侵入し、寒いというより皮膚が冷たく痛かった。目の前を歩く女の、石を弾く乾いた靴音が、寒さで縮んでいるはずのあそこに響く。煩悩を解放するだけでいとも簡単にエロスはやってきて、私の産毛と細胞を逆撫でする。ほんの少し路地を浮遊して、いつもの小さな店に入った。店内は暑すぎるほどで、客のふかす葉巻とパイプと強烈な酒の匂いが充満していた。立っている者はいなくとも、常連客の男達で混み合った店の中、見かけぬ若い女がカウンターの隅に座っていた。私はその女の背後に立ち、からくちの一杯を注文した。女が振り返り私をじっと見る。

「深海魚は食べた事あるかな?」

性欲と食欲が直結する私は、今までに様々なものを口にしてきた。航海中はホラ貝等もよく食べた。あの巨大で美しい渦を巻く殻の中に詰め込まれた、弾力性のある肉は甘美だった。今では、世界三大珍味のひとつとも言われる狼魚《おおかみうお》を食す為、毎年五月になると北にある専門レストランへ行く。天井全体に狼魚の剝製が飾ってある店だった。

「深海魚は食べた事あるかな？」

再び女に問いかけてみたが、ノーというふうに軽く、面倒くさそうに首をふられただけだった。女が肩にかけてあったコートに袖を通す。

私は誰かに、誰にも話したくない私の話を聞いてほしかった。世界中を渡り歩く中で経験してしまった事を懺悔《ざんげ》したいのかもしれない。一度開いた禁断の扉を今更封印する勇気はない。そして帰って来た家畜国家で私がやっと見つけたものが、深海魚の味だったのだ。五億年の歴史と、官能的なその肢体に私の探していた答えの片鱗が隠れていた。淘汰されながらも生き残った生命力と進化は、あの部族の女を抱いた時を彷彿とさせる。恐竜は絶滅したけれど、彼らは生き残ったのだ。私にとって女も深海魚も未知の存在であり、女を抱き、深海魚を食す事は、宇宙を食らうようなものなのだ。科学の進歩と利益の為、必死に闇ルートで深海魚を入手しようとしている国や企業と、もはや麻薬中毒患者のように闇の恍惚を探し求めている私のエゴイズムは同等である。私は誰も愛したことがない。下半身も衰え、手の甲にも皺が刻まれた老体に反して、私の想像力は果てしないほど豊かだった。最も強烈な映像を脳裏に刻んだ部族との出会い以外の記憶は、もはや安っぽい映画のようでしかなかった。その安っぽい記憶でも、私が語ると友人も妻も、ベッドの中の女も喜んで聞いた。雨が降らない世界での、海と珊瑚礁の色がくるくると変わる場所。ワインを闇で作るブラジル人と出会い、それをバケツで飲み、南十字星を見る。そしてそれが旅の眠り薬になる物語。他の生き物に襲われるのを恐れ、十メートル程の高さの木に止まっていた鶏を捕獲し焼き鳥にして食わせてくれた、瞬きをしないインディオの女の物語。そんな、私にとっては朽ちた記憶でも、話せば皆、笑顔で真摯に聞いてくれた。

気が付くと店のお客はほとんどいなくなっていた。カウンターに強い酒を飲む男が二人と一組の若者がテーブル席にいるだけだった。テーブル席の若者が、シベリアに送られ、ウォッカを水だと騙され飲まされた少年兵の話をしている。私はワインを注文した。店主が気を利かせてトリュフチョコレートを一粒差し出す。甘い血のようなワインのアルコールと、茶色の個体が口の中で溶け合い、獣の鮮血と女の肉体が蘇る。急に喧嘩をはじめた若者の一人が私にぶつかり、グラスの中身がシャツにかかる。店主が怒鳴り、若者達を追い出した。店主がこぼれたワインを注ぎ直してくれたが、この喧噪で一気に現実に引き戻された私は店を出た。

外に出ると寒々しい路地がそこにあった。追憶の旅を続けたい私は、かつて好きだったハリー・ベラフォンテの歌を口ずさむ。黒人と白人の混血でハスキーボイスの彼の曲を歌ってみたが、かすれた声が空気中に漏れただけだった。家に帰ると妻は起きて私を待っていてくれた。コートを脱いだ私のシャツがワインで赤く染まっているのを見て驚く彼女。酔っぱらいにやられたのだと言うと、小さくため息をつき、急いで染み抜きをするからと、私のシャツを脱がせた。ネグリジェ姿でそのシャツを片手にぶら下げる彼女を見て、私はあの部族の娘がくれた血染めの衣を思い出す。暗い廊下の奥に妻が消え、取り残された私は今すぐあの村に帰りたくなる。彼らの信仰していたものは神などではなく、宇宙に存在する何か得体の知れない暗黒のエネルギー体だったように思えてならない。神とは例えば、花のように完全で完璧なるものを指し、それを創造するものは決して人類が血を流す事を望んではいないはずだ。それでも一度自己の中に在る悪魔を引きずり出された私は、今でも常に鮮血を浴びる事をどこかで望んでしまっているのだ。神の世は昼と夜のように、男女のように、真っ二つに引き裂かれ、私は確実に夜の闇のほうへと落ちていった。

　私は光も届かぬ暗黒の海の底まで潜る。天地も前後もなきそこで滑り、弾力のある巨大なそれに飲み込まれるようにして、完全にこの身全てで交わる。永遠の黒闇の中、数億の星が瞬くように光が点となり、渦を巻く。それとの交わりはこの世のどんなに美しい女とのものよりも深く、強き閃光と恍惚を与え、それこそが私の求める宇宙への賛美そのものであると教えてくれる。深海は母なる星の子宮。私は恐れずにあなたの中へ深く入る。あなたが静寂と安らぎを私にくれる。ドラムの音と、命の鼓動が重なり共鳴し、私の光が闇を飲み込み影を消す。深海を照らす、私自身の光は今も輝き続けている。

梯子の上から世界は何度だって生まれ変わる

吉田篤弘

まずいコーヒーの話なら、いくらでも話していられる。おれのこれまでのところの人生は、あらかたまずいコーヒーと共にあった。おれは基本的に不運なんだと思う。じつにおかしな奴らばかりと出逢ってきた。

子供のころに出くわした人生最初のおかしな男は、「夜の箱」を売り歩く男だった。その名を扉という。

「本名なんだぜ」と彼は胡麻塩頭を掻きながら念を押した。いま気づいたが、それが彼の上の名前なのか下の名前なのか、そこのところを聞きそびれた。しかし、そんなことはどうでもいい。彼はただのトビラだった。皆、そう呼んでいた。彼はいつでも寒がって黒いコートの襟を立て、冬が終わりかけて春の兆しが感じられても、「なんて寒いんだ」「どうしてこんなに」とぼやきながら、角のパン屋でひと袋五十円の食パンの耳を買いもとめた。

おれはそのとき九歳で、「あんな人になっては駄目」と母に袖を引かれながらトビラに憧れていた。ああいう大人になりたかった。何もかもが自由だった。子供にはそう見えた。

トビラは銭湯の裏手にある材木置き場の掘っ建て小屋に住み、「このあたりは全部、親父の土地だったのに」と薬罐《やかん》の水を飲みながら——というより、口のはしからやたらに水をこぼしながら嘆いた。

「騙されたんだよ、アタシは」

起きしなに沸かした薬罐一杯の湯を夜まで持ち歩いていた。朝に熱湯だったものが夜に冷水になり果てるまで、さまざまにうつり変わる透明な飲みものを薬罐の注ぎ口をくわえて味わっていた。そして、ふたこと目には「本日もまた、さしたることもなし」とつぶやいた。

その呪文めいた云いっぷりを真似ているうち、いつからかそのつぶやきがおれの口癖になった。

「本日もまた、さしたることもなし」

いまでもときおり口をついて出る。口にするたび、おれはトビラが売り歩いていた「夜の箱」を思い出す。

「どうだ、買わんか？　ひとつ、六万五千円だ」

彼はそのときだけ目が澄んだ。水をたたえたような瞳に奇妙な光が宿り、両手で捧げ持つように黒い立方体をこちらへ差し出した。

「何の箱だ？」とキジマが訊いた。キジマというのはおれが人生で二番目に出逢ったおかしな男だ。角のパン屋に勤め、ただひたすらサンドイッチ用の食パンの耳を切り落とす係だった。彼は海賊が腰に差しているような反り返ったナイフを左手に構え——なぜならキジマは左ききだったからだ——「箱をやるから、一生分のパンをくれ」と無謀な交換を迫るトビラに「中に何がはいっている？」とナイフの先を光らせて箱に向けた。

「死だよ」

トビラは平然と答えた。うっすらと笑みを浮かべ、「お前さんの死だ」と正しく云いなおした。この答えはその場限りのものではない。彼は誰にでもそう答えた。「あんたの死だ」「君の死がはいってる」「お前の死がしまってある」。

九歳のおれにまでトビラははっきりそう云った。

「いいか、坊主。この中には坊主の死がある」

しかし、その黒い箱には蓋や開け口といったものがなかった。引っ掛かりのひとつもなく、どこからどう見てもただの立方体なので、中身を確かめることができない。

「ためしに持ってみろ」

手渡されたその箱は驚くばかりに軽かった。

＊

おれはあるときから世界中の電球を交換してまわっている。世界中というのは、いささか大げさかもしれない。が、心意気としてはそのつもりだ。おれはいわゆる会社や組織に属していない。ひとりでこの仕事をこなしてきた。だから、いつだって身軽に旅に出られる。依頼さえあれば、パリやロンドンは無論のこと、バルセロナやバンコクやチューリッヒやブエノスアイレスにだって参上する。条件はただひとつ。そこが都市であること。おれは常に街なかに居ないと落ち着かない。街にはノイズがある。雑音がなければ街じゃない。おれは要するに雑音を愛している。

もともと、おれは雑音ならぬ雑文を書いていた。ノイズのような文章だ。世間ではコラムと呼ばれていたが、おれは一般的なコラムの様式から外れて自由に書いた。自動販売機のまずいコーヒーを片手に、月に二十本は書いていた。かしこまったものに囲まれながら、誰からも気づかれない誌面の片隅にひっそりと書いた。舞台袖のような場所だ。そこがおれの居場所で、要するにおれは銭湯の裏の材木置き場みたいなところが好ましい。コラムのタイトルにそれが表れていた。〈非常階段〉〈プロンプター〉〈倉庫番〉〈三階席〉〈部品工場〉〈文字を燃やせ〉〈街灯はみな消えてしまった〉——。

書くのをやめたのは遺産が転がり込んできたからだ。おれの家族と親類縁者はみな早死にだった。おれをのこしてさっさとあの世へ消え去った。それこそ、次々と街灯が消えてしまったみたいに。

大金とは云わないまでも期せずして小金を手に入れた。おれには配偶者もいなければ子供もいない。が、もし子供ができたら、そいつにひとこと云っておきたい。人生っていうのは結局のところ金を稼ぐことだ。そして、人生っていうのは結局のところ何に金を使うかだ。そのふたつに自分なりの答えを出せたら、あとのことはどうでもいい。

それでおれもよくよく考えた。おれが一等魅かれる街のノイズは電球がこと切れるときの爆《は》ぜるような音だ。おれは舞台袖のようなところに身を置いて、常にあああしたノイズを聴いていたい。

それで、おれは電球交換士になった。小金をありったけ自分に投資した。ただひとりきりの〈電球交換事務局〉を立ち上げ、ただひとりの事務員、ただひとりの作業員として、世界中の――ただし街なかの――こと切れて使えなくなった電球を交換してまわる。その一事に人生を捧げたい。電球を交換することで金銭をいただき、事業を維持するために金を費やす。終わりのない電球交換人生。

実際、おれはこのまま死なないのかもしれないと思うときがある。まだ、電球交換士を名乗って間もないころ、東品川駅の西口の天井にある一ダースほどの電球を交換しているとき、いきなり強烈な電気ショックを食らった。全身を電流が貫いた――ような気がして、そのまま気を失った。本当に貫いたらまずはイチコロだ。が、背中に薔薇のかたちの黒い痣がのこっただけで奇跡的に命拾いをした。

「まるで、フランケンシュタインの怪物だな」

担ぎ込まれた医院で目を覚ますと、東品川の自称ヤブ医者がおれの顔を見て真っ先にそう云った。この口の悪いヤブ医者こそ、おれが人生で六番目か七番目に出逢ったおかしな男だ。大体、自ら「ヤブ」を謳う医者など聞いたこともない。が、真相は藪という苗字の名医で、

「じゃあ、おれは不死身なんですか」

背中をさすりながら冗談めかして訊いてみると、

「かもしれないね」

ヤブ医者は薄紫のレントゲン写真をかざして頷いた。

そういえば、あのときトビラから受け取った「夜の箱」はあっけないほど軽かった。そうか、おれの「夜の箱」には最初から「死」などはいっていなかったのか。そう思えた。

錦糸町のB級ポルノ映画館のロビーの電球を交換しながら、おれは「なるほど」とつぶやいて脚立から尻を浮かせ、死に絶えた電球をソケットから外して壁越しに響く女のあえぎ声に耳を澄ました。

＊

女について話すのは苦手だ。

けれど、彼女の記憶だけはそこだけ砂を払ったように色艶がある。温度がある。甘い香りがある。

おれは梯子の上から、八メートル下にある彼女の目を見ていた。出逢ったときのことだ。よく覚えている。軍手をめくって時間を確認すると二十五時だった。おれの腕時計は三十六時間仕様で、文字盤に0から35までのアラビア数字が打たれている。電球交換業務は二十四時からが書き入れどきで、送られてくる依頼書にも「二十八時より作業可能」とか「二十六時に来店希望」などと明記してある。おれは自慢じゃないが、この世で一、二を争うくらい数字にうとい。二十八時が午前四時のことであるとすぐに理解できない。

というか、そもそも時計が十二時間仕様であることに我慢がならない。一日は二十四時間じゃないのか？　午後二時と午前二時は似ても似つかぬまったく別物の時刻だ。それを一緒くたにするなんてどうかしてる。それに、おれの人生は一日二十四時間では足りない。街の連中が寝静まった二十四時からが本番だ。

だから、彼女が二十五時にあらわれたのは運命だった。なにしろ、おれは二十五時という時間が一等好ましい。かしこまった連中がことごとく眠りに就き、生きて動いているのは時計だけになる。時計だけはどうしても眠らない。

二十五時のおれは、広大な美術館の片隅で展示室の電球を次々と交換しながら息をつめて電気の流れるノイズを聴いている。壁の中の排水管を汚水が流れてゆくのを聴いている。哀れな羽虫が電球に焼かれて息絶える音を聴いている。厨房から聞こえる皿洗いの音。尻のポケットにねじ込んだ携帯電話がスパム・メールを着信する音。警備員のやたらによく響く靴音。おれの体重で軋むアルミの梯子。十字ねじの叫び。留め金のため息——。

もっとある。

遠くを走る貨物列車の音。トラックの音。深夜タクシーのクラクション。工事現場のドリルの音。

もっとある。

二十五時の美術館では至るところで絵画が語り始める。おれの耳にだけ聞こえているのか、いるはずのない男や女がこそこそ囁き合っているのが空気の震えとなって鼓膜に伝わってくる。だから——、

「何をしているんですか、そんなところで」

と彼女が声をかけてきたとき、おれはてっきりそいつも絵の中から聞こえる女の声——空耳だろうと思い込んだ。

が、声がたちのぼってきた足もとを見おろすと、およそ八メートルの真下にあの目があった。水底からこちらを見上げているような目。救いをもとめているような、それでいて、とっくに観念しているような。

おれは交換用の百ワット電球を取り落としかけ、梯子の上でちょっとした曲芸を演じる羽目になった。その様が滑稽だったのだろう。女の目が笑っていた。

その目におれは安堵した。そう云うしかない。おれはおそらくこうした安堵を長らくもとめていた。探しているあいだは気づかなかったが、見つけた瞬間、その目に教えられた。

おれはずっとこんな目を見たかった——。

湖の底におりてゆくように、おれは慎重に梯子をおりた。館内はほの暗く、非常口の緑の灯りがあたり一面を青みを帯びた湖水に化けさせた。暖房を切っているので息が白い。湖底ならぬ地上におり立つと、女もまた白い息を吐いていた。

「あなたは誰ですか」と息が声になる。

「電球交換士です」と答えると、

「でんきゅうこうかんし？」と女は目を細めた。

「そう。ここみたいにデカい施設の電球はいっせいに交換しないと、連鎖反応でバタバタと寿命が尽きる。そうなると、ほとんど毎日交換しなくちゃならない。だからこうして定期的に交換して足並みを揃える」

「その電球は死んでいるんですか？」

彼女はおれが手にした百ワット電球をまじまじと見た。声の芯にどこか冷静さがある。美術館の学芸員だろうか。そもそも、そんな時間に館内を闊歩できる女性は限られている。

「こいつはね」とおれは答えた。「こいつはたしかにもうお陀仏だけど、そっくり同じ電球に交換したから――」

天井を指差した。

「奴らが死んだなんて誰も気づかない」

「あなたもしかして、お医者さんですか」

「ええと」――おれは東品川のヤブ医者を思い浮かべ、「まぁ、云ってみればそういうことになるのかな」とキザったらしいドクター・ヤブの声色を真似た。

「蘇生、再生ってヤツだ」

ドクターの言葉をそっくりそのまま伝えると、彼女の目にそれまでと違う輝きが増した。

「じゃあ、わたしの病気も治していただけますか」

そう云って白い息を吐いた彼女は、自分の口をあわてたように右手で隠した。

＊

「いっせいに」と彼女には云ったが、その美術館くらいの規模になると、すべての電球を交換し終えるまで一週間はかかる。深夜二十四時に交換を始め、連日三十一時――世に云う午前七時だ――までせっせと交換しつづけて六日を要した。ひたすら梯子ののぼりおりを繰り返し、そのたび、もっと効率のいい方法があるんじゃないかと舌打ちをした。おれはその術《すべ》を知らない。おれには手本もなければ師匠もいない。この先もずっとそうだ。一生このまま。

いや、おれは死なない（かもしれない）男だった。もし本当にそうだったら、永遠に電球を交換しつづけることになる。この世が滅びても、ただひとりで何千何万という電球を外しては装着する。どうせ誰かがやらなくてはならない。それがたまたまおれだったという話だ。

しかしその六日間は、毎日、二十五時になると彼女があらわれた。おれはひとりじゃなかった。展示室で、渡り廊下で、資料室で、正面ロビーで、二十五時になると梯子の下から声が聞こえてきた。

「何かお手伝いしましょうか」

おれは梯子の上から手を振ってことわった。

「わたしにできることはありません？」

首を振って「ない」と答えた。

「よかったら、コーヒーでも飲みませんか？」

六日目の二十五時に彼女は熱いコーヒーを容れたポットを携えてあらわれた。蓋を外すと香りが梯子をつたってきて、湯気が触手のようにおれの体を搦《から》め捕《と》った。

おれはふたたび湖底へおりてゆく心地で梯子をおりた。

そいつは舌を火傷するような熱いコーヒーで、しかし間違いなくこれまでに口にした中で最上のコーヒーだった。ただしおれは、一、二を争うようなひどいコーヒーばかり飲んできたから正確な判断は難しい。

おれたちは誰もいない美術館のロビーの隅で語り合った。いや、語り合ったつもりだったが、どうも自分ばかり話してしまったらしい。

「あなたの話を聞いていると、なんだか嬉しくなってきます。自分が生きていると実感できます」

そう云って彼女は「夜の箱」の話を興味深そうに聞いてくれた。照明を落としたがラス張りのロビーには月の光が射し、彼女の顔に風に揺れる植え込みの影がゆらゆら映っていた。引き締まった顎と長い睫毛。肩にかかる艶めいた髪。思わずつまみたくなるような桃色の耳たぶ――。

おれは動揺して、余計、饒舌になった。

トビラとキジマの云い争いが嵩《こう》じて材木置き場で決闘になったこと。そのとき、キジマのナイフがトビラの抱えていた「夜の箱」に突き刺さったこと。そして、ナイフが抉《えぐ》った箱の割れ目から大量の砂がこぼれ出てきたこと――。

そこまで話したとき、彼女は急に両手で口をおさえ込んだ。嗚咽をこらえているのか、それとも吐き気でも催したのか。

「どうかした？」とおれは訊かざるを得なかった。あきらかに様子が変だった。すると、彼女はまばたきもせずにおれの目を五秒ほど見つめ、それから突然、スローモーション映像に切り替わったように、ゆっくりと両手をほどいた。

あらわれたのは彼女のかたくとざした口と、その唇のはしからこぼれ出た何やら尻尾のようなもの。その尻尾は何色とも云えず、あらゆる色が水たまりに落ちたガソリンのように流動していた。わずかに発光しているようにも見える。

上体を反らして顎を上げ、彼女は尻尾の先を指先でつまんで、奇術師が口から国旗を取り出す要領で流動する色のかたまりを引きずり出した。少しずつ少しずつ。前歯が覗いている程度で、さほど口はひらかれていない。つまんだ指先の様子もどこか優雅で、おそらく彼女はこの奇妙な儀式を日常的に繰り返してきたに違いない。引きずり出す手加減の程を熟知している。

が、引きずり出されているものの正体がわからなかった。最初はそれこそ手品でも披露しているのかと思ったが、しだいに姿をあらわし始めたそれは、空気に触れるそばから膨らみ出し、みるみる膨張が著しくなって、やがて、とんでもないものが引きずり出されていることに気づいた。

絵だった。

より正確に云えば「風景」で、あとになって彼女が使った言葉に倣《なら》えば「見知らぬ景色」だった。

「驚かせてごめんなさい」

彼女はすっかりそれを吐き出してしまうと、乱れた息に上下する胸に手を当てた。前髪が額に貼りつき、目尻にはうっすらと光るものがある。手の甲でしきりに口のはしをぬぐっていた。

おれは言葉を失った。

難産を終えたようなどこか清々しげな彼女の様子にも驚いたが、何より放出されて宙に浮いた「景色」が、ピントを合わせるように像を結んだ様に息を呑んだ。

数字にうといおれには、やたらに種類の多いキャンバスのサイズが覚えられない。横長のその「景色」は縦がおよそ一メートルあまり、横幅は二メートルをゆうに超えている。液晶画面なら「特大」の部類だ。映画館のスクリーンとしてはかなり小振りだろう。問題はそれがディスプレイや銀幕ではなく、「景色」そのものが薄い板となって、床上七十センチくらいに浮遊していたことだった。

「病気なんです」と彼女は息をついた。

「いつから？」とおれは妙な質問しか思いつかない。

「子供のころに絵のモデルをしたことがあるんです。絵に描かれたんですよ、わたし。わかります？　絵の中にはいってしまったんです」

彼女はスカートの裾の乱れをなおしながら立ち上がった。

「それからです。こうして口から景色がこぼれ出るようになったのは」

そう云って、彼女は「景色」に手をのばした。

それは、水平線を遠くに見据えた砂丘の風景だった。

吸い込まれるように近づくと、そこには本物の風が吹いていた。足の裏に砂丘へ立ったときの心もとない感触が伝わってくる。風に前髪があおられ、舞い上がった砂粒が頰に当たって目を細めずにいられない。

「行ってみたいですか」と彼女がおれに訊いた。

行ってみたい。おれはこんな景色を見たかった。初めてそう気づいた。いや、もしかしておれは、もともと、記憶の裏にこんな景色を隠し持っていたのかもしれない——。

*

それから、彼女は雨漏りがするおれのぼろアパートに足繁く通うようになった。

おれは彼女の口からあらわれる景色に仕事も忘れて浸り込んだ。彼女はおれの背中の黒い薔薇に指を這わせ、「景色の中には時間がないんです」と囁いた。

「時間がなくなるとどうなるんだろう?」

「永遠に生きつづけることになります」

床上七十センチに静止した景色は物理的には板チョコほどの薄さしかない。が、ひとたび景色の中に体が取り込まれると、その奥行きは無限にひろがった。

おれは景色の中に一握りの土地を得て、土壁を立てて藁屋根をのせた。窓を設けて火をおこし、鉄鍋で獣肉を煮て彼女とむさぼり喰った。おれたちは景色の中に暮らし、彼女が云うように、時間に煩わされることなく過ごした。

彼女の方には躊躇があったのかもしれない。しかし、おれがもとめれば自在に景色を出してくれた。おれが砂丘に飽きると、「桜の花が舞い散る川べりの景色」を鮮やかに放ち、それにも飽きると、今度は「曇り空の下の荒涼とした湿地帯」をゆるゆると口から取り出した。

どの景色にもおれは魅了された。しかし彼女はあるとき「これは病気なんです」と突然我に返ったように顔を曇らせた。

「治せるものなら治したいんです」

寝台の上でほくろの散った背中を見せてそう云うので、おれは意を決して東品川へ彼女を連れ出した。

ところが、ドクター・ヤブは「口から景色が出るなんて前例がない」と聴診器もあてずに診断を下した。

「夢でも見てるんじゃないか」

「いや――」とおれは云いかけたが、

「君たち、、は重症だな」

ドクターは聞く耳を持たなかった。

「愛なんてものは、じつに理不尽な病いだよ。だが、薬はある。放っておけばいい。いずれ、さめるだろうよ」

口もとを歪め、

「時間がいちばんの薬だね」

そう云い添えた声が耳にのこっていた。

たしかにその薬は効いたのかもしれない。時間が経つほどに景色は色を失い、さらに時間が経つと、彼女はおれのアパートにも梯子の下にもあらわれなくなった。

思えば、おれは彼女がどこに住んでいるのか知らなかった。知っていたのは携帯電話の番号ひとつで、知ってはいたが、こちらからかけたことはない。彼女がおれから離れていったのは、そうしたことも理由だったのだろうか。

「もう時間がないんです」彼女は度々そう云っていた。

「時間？」とおれは一度ならず問い質した。

「生きる、ということです。あちらには時間そのものがないんです」

いまになってみれば、我々があぁして出逢えたのは、彼女もおれもあちらとこちらの狭間を彷徨っていたからだとわかる。彼女は本来の自分と絵の中の自分の境界に迷い込み、おれはと云えば、電球の生と死を結ぶ役割にいまだに任じている。時間とは生きることだと彼女は云っていたが、生きている時間にはいつか終わりがくる。一方、時間から離脱できれば永遠を得られるかもしれない――。

女があらわれなくなって半年が経ったころ、定期交換の時期が巡って来て、おれはふたたびあの美術館に呼び戻された。普段おれは展示物になど目もくれない。おれの仕事は電球を交換することで、そのときどきの企画展がどんなものであろうと知ったことじゃない。

なのにその日、魔が差したようにおれは振り向いた。いつものように梯子をのぼろうとして身構え、しかし、のぼりかけた足をとめて、色とりどりの額が並ぶ薄暗い壁を振り向いて眺めた。

ただならぬ事態に気づいた。そこに並んでいるのは簡素な額だけで、主役であるところの肝心の絵が見つからない。見渡す限りひとつとしてなかった。

ふと、額の下に添えられた画題に目がとまった。薄暗がりに目をこらして小さな文字に懐中電灯の光を絞り込むと、『盗まれた絵　作品第二十一番』とある。その隣の画題は『盗まれた絵　作品第二十二番』。次々見てゆくと、額縁の大きさは様々だったが、いずれもタイトルは『盗まれた絵』だった。

どういうことか。

とうとう展示室の入口まで画題と額を辿り、最後に入口に掲示された看板に光をあてると、作者のポートレイトらしきものに寄り添って「トビラ」の三文字が並んでいた。声に出して読み上げたその三文字が、不敵な笑みを浮かべた初老の男の顔写真と重なって響く。

「トビラか――」

おれの声がひとけのない館内にこだました。

あのトビラだ。胡麻塩頭がすっかり真っ白になっていたが、顔写真の目鼻立ちはあのトビラに違いない。あのトビラが美術館で展覧会？　おれは笑いたくなった。いや、実際、顔写真の下に記されたプロフィールを読み、詳細を知るにつけ笑いがとまらなくなった。

おれの知らないあいだにトビラは「芸術家」と呼ばれていた。国内のみならず海外にもその名は知られ、彼の作品はどれも「不在」と「消失」がテーマのようだった。今回の展示は「美術館に怪盗が忍び込み、すべての作品を額だけのこして持ち去った」という設定で制作されているらしい。つまり、何ひとつ制作などしていないのだ。

ちなみに、前作は『台風一過』というタイトルで、「すさまじい台風によって、すべての作品が吹き飛んでしまった」という設定らしい。じつにナンセンスだが、見ようと思えば、あるはずのない絵も見えてくるということか。

「なるほど」と、おれはトビラの「夜の箱」が彼の作品であったことをいまさらのように思い知った。

「本日もまた、さしたることもなし」

あの声が耳の奥から聞こえてくる。

おれはあらためて額縁だけが据えられた「見えない絵」の前に立った。銀鼠《ぎんねず》色の額に囲まれた空白をぼんやり眺めていると、ほどなくしてそこに「夜の箱」を手にした自分の姿が浮かんでくる。おれにはそれが見えた。おれだけに見えるのだろう。トビラは描かずしてそれを描いた。子供のころの自分の姿だ。子供だがじつに軽々と箱を抱えている。

いやそれとも、子供だったから中身が軽かったのか。そうかもしれない。では、いまならどうだろう。いまのおれが抱えている「夜の箱」は――。

おれは咳払いをひとつして、仕事に戻るべく梯子をのぼり始めた。のぼりながら、おれの耳はまたノイズを聴いている。今宵も排水管を汚水が流れてゆく。哀れな羽虫が電球に焼かれている。厨房から聞こえる皿洗いの音。尻のポケットにねじ込んだ携帯電話のスパム・メール――いや、メールではない。電話のコールだ。

軍手を外して尻ポケットから携帯をつまみ出すと、青白い画面にいまにも消え入りそうな彼女の名前が浮かんでいた。

「もしもし？」

その声はひどく年老いて聞こえ、言葉の隙間に苦しげに息を吸ったり吐いたりする音がラジオの高周波ノイズのように差し挟まれていた。

「最後にひとつ訊きたかったんです」

最後に？

「あなたは本当にわたしを愛していた？　それとも、他の男たちと同じで景色に夢中だっただけ？」

急にそんなことを訊かれても答えられない。

おれはのぼりかけの梯子につかまって宙を見つめた。

「この次までに考えておく」

ようやくそう答えた。

「この次はもうないんです」

「本当に？」

「でも、あなたは生きて。どこまでもそうして生きて。そして、世界中の電球を交換して」

それが彼女の最後の言葉になった。電話が切れたあとも、おれは長いこと携帯を耳に当て、展示室の薄暗がりに整然と並んでいる絵のない額縁を見おろしていた。

あの見えない絵の中に、いま、彼女は帰ってゆく――。

その後ろ姿が見えた。いまなら間に合うかもしれない。急いで梯子をおり、景色が消えぬうちに追いかけてゆけば、おれはそれきり時間から解放されて、正真正銘の不死身が約束される。窓を設けて火をおこし、彼女と肩を並べて、そのまま一枚の絵におさまってしまえばいい。

が、そのときだ。

頭上に耳慣れたノイズを聴いた。乾ききった金属的な音。電球がこと切れる音だ。

反射的に天井を見上げる。

途端に絵の中のおれが抱えていた「夜の箱」が重たくなった。いや、重くなったのはおれの体か。梯子の頂上までどうにか体を引きずり上げるようにしてのぼり、肩で息をしながら天井に埋め込まれた百ワット電球に素手で触れた。

そいつは案の定、冷たく息絶えている。おれはいつからか奴らの生死を指先で読みとれるのだ。

「大丈夫だ」とおれはそいつに声をかけた。「お前はこれから生まれ変わる。蘇生、再生ってヤツだ」

工場から直送された手つかずの百ワット電球を腰に下げた作業袋から取り出した。

「何度だって、お前たちは生き返る」

電球のガラス面に、もう不死身ではなくなったおれの顔が映っていた。

男鹿

小池昌代

靴を磨きながら考えた。わたしが今、磨いているこれ、これは一体なんだろうと。磨けば光る、光りだす。アンテロープ、アンテロープ、撃たれて跳ねる、したたりおちる胸のしずく……近所のこどもが歌っている。腹減ったぁ、という声も混ざる。わたしの暮らすアパートには、働く親を待つ子が多い。腹減ったぁ。いい言葉だ。わたしはもう、あまり食べない。お腹があまり、すかないからだ。テーブルのうえには一週間も、事務所でもらった紅玉が置いてある。だんだんと傷んできて、皮が茶色に変色し、すっぱい臭いが漂い始めている。冬というのに小蠅がわき、それは昨日より数を増した。この季節、こどもたちのくちびるは、紅玉のようにてらてらと赤みを増す。わたしは朽ちていく、くだものと同じだ。この先、どんなに手入れをしたところで、少しずつどこかが悪くなり、腐り始め、その臭いを嗅ぎつけた虫が集まってくる。そのあとようやく人がやってきて、近所のひと、区役所のひと、福祉事務所のひと。いや、彼らがやってくれれば運がいい。折り合いをつけるべき相手というのが、他人であるうちは、若かった。その相手は、ついには自分のみとなり、わたしたちは死んでいく。だから、靴は、磨いておくべきだ。

あの日、わたしは、大きなデパートの、二階の靴売り場をうろついていた。あふれるように靴はあるが、履きたい靴、いや履ける靴は、いつものようにきっとないのだ。そのことはよくわかっていたが、わたしには、そのときどうしても、ヒール5センチ以上の黒い靴が必要だった。サイズをおはかりしましょうか。不意に声がして身構えると、売り場にいたシューフィッターだった。そこにそのひとがいることにも気づかなかった。どういうふうに立っていたのなら、そのように存在を消すことができるのだろう。年配の男性だった。ええ、でも急いでいるのでと断ると、お客様の足は細いです、といきなり言う。押し付けがましい声音ではない。やわらかな断定、というものがある。目があった。焦点のあわない「山羊《やぎ》の目」だ。わたしは素直な気もちになった。でも反射的に出てきたのは、拒絶の声。とんでもない。わたしの足は幅が広い、わたしの足は甲が高く、ほとんどの靴は細すぎてあわないのです、わたしは、いつも、3Eか4Eを履いています。――それはこの国では、かなり幅の広い、ゆったりした靴のサイズを意味する。いわゆるおばさん靴。そういうサイズのものに、おしゃれなものは少なく、わたしはもう、高いヒール靴や華奢な靴を、長いこと、履いていない。そういうものと無縁の女になってしまった。本当はまだあきらめきれないのだ。わたしはまだ靴が履きたい、おしゃれな靴。尖った靴。高いヒールの靴。誰のために？　それなのにわたしの足は……わたしの足は……。わたしは、悩みという悩みの原因が、すべてこの足と靴にあるような気がして、シューフィッターの厚意をはらいのける。今までどれほど、靴で苦労してきたことか。すると、「山羊の目」は少し笑い、やはり毅然として言うのだった。あなたの足はご自分で思っているよりも、ずっとずっとずっと細いのです。細いという言葉は、ただ細いということであって、かわいいとか美しいとかいう価値を含むものではないのに、わたしは悪い気はしなかった。ずっと太い、と言われるよりは。

　測ってもらうと、確かにそのとおり。わたしの靴幅は、ただのE。A、B、C、D、の次のEであり、そのうえには、2E、3E、4E、5Eと続く。Fというのは見たことがない。もちろんAが一番細い。Eですか。とびきり細いというわけではないが、思っていたほど幅広でもない。そうです、幅はちょうどE、そして長さは二十四センチ。「山羊の目」は満足そうにわたしを見た。自分の足を知らない人が多すぎるんです。多くの人はサイズの違う靴を履いています。なぜでしょう。問題は靴幅なんです。日本人の多くの女性は、なぜか自分の足を、幅の広い、平べったい、ぶかっこうなものと決め付けている。そしてただ、欧米女性たちの、白いナマザカナのような薄い足にあこがれている。おかしなことですね。けれどと、わたしは、「山羊」の言葉に、心のなかで反論する。当然でしょう、ほら、ごらんなさい、わたしの足は体の中でもとりわけ醜い。若いころ、細いヒール靴を履き、足を痛めつけ、その後は一転、今度は痛くない幅広の靴ばかりを履いた。あげくのはてには親指の付け根に炎症をおこし、一時はテーピングでしのいだものの、外反母趾一歩手前だったんです。いくらEでも、いきなり細い靴がほんとうに履けるものですか。計測と現実は違いますよ。わたしは足を恨めしく見る。わたしの足は、草履を履く前から、草履の形象そのものである。

それではこれを、ちょっと履いてみてください。山羊がきびんに差し出したのは、見るからに細い黒いパンプスだ。先が尖っていて、周囲にきらきらとした硝子《がらす》玉がついている。わたしは笑ってしまった。いまさら舞踏会に行くわけではありません。もっと普通の、飾りのない靴はありませんか。

山羊はさきほどから膝を折り、頭のてっぺんを、わたしに見せている。髪の分量は少なく、地肌が透けて見え、相当の白髪がまざっていたが、ひざまずくことを（それも女に）、長くやってきたことが、その謙虚な、うなじの角度でわかる。丸みを帯び疲れた肩が、静かな山のように上下していて、わたしは興奮した。職業とはいえ、しゃがんだり立ちあがったり、シューフィッターの仕事は、膝が悪くては務まらないだろう。彼はそんな気配を少しも見せないけれど、ほんとうは、体のどこかに、すでに故障をかかえていて、それを客にはわからせないようにしているのかもしれない。このひともまた、自分と折り合い、その矛盾を、最後、靴のなかにまるめこんでいる。そんな気がしておかしくなった。ああ、人間は靴を履く。靴を履くことで地面に立ち、かろうじて前へ進む。

この靴のデザインは好きではありません。率直に伝えると、彼はちょっと傷ついた顔をした。それを見てわたしはうれしくなった。この人をもっと傷つけたい。しかし山羊のほうも負けてはいない。まずは型があう、あわないということがありますから、一度だけ、試しにどうぞ履いてみてください。足を入れやすいようにと、彼は靴のなかにこぶしを入れ、左右をやや、押し広げる。ぎしぎしと革の音がたつ。わたしはストッキングにつつまれた、ぶかっこうな左足をすべりこませる。手のひらのようなあたたかな中敷きが、わたしの土踏まずを待ち構えていた。両サイドの靴の縁が、肉にややくいこむけれど、不思議に痛いという感覚ではない。山羊がつま先を指で押した。そこに空洞を確認すると、「捨て寸」はじゅうぶんですね、とつぶやいた。

あの、確かに、今は痛くはありませんが、こんな細い靴、履いたこともありません。どうせそのうち痛くなります。わたしには無理です。履けませんよ。いいえ。靴は「幅」で履くものです。細めくらいのものをぴったりと履くことで、足は支えられ、前にすべりません。さあ、どうぞ、硬いところを歩いてみてください。やわらかい命令にわたしは従った。鏡の前を行ったり来たりする。どうですか。痛くはありません。いいですね、痛くないわ。快適です。

いつも頭から、父の声がふってくる。その声は、言い方はやわらかだが、真実を知るのはおれだけだというように、強い断定の調子を持つ。もうそれだけで怪しいのに、わたしはその声に逆らえない。父の声がするたび、わたしは生きる角度を変える。ときには先回りして父を待つことも。女は清楚で知的であるべきだ——父が言葉に出したのだったか、それともわたしが勝手に父の好みを慮《おもんぱか》ったのだったか、いまではもうわからなくなってしまった。革のものを身に付けるのはやめなさい。革ジャンというのは、不良の象徴、ミニスカートにブーツを履くのは外国の娼婦だけだ——父が死んだあと、洋服簞笥の奥に、雑誌の切り抜きを発見した。そんなものをしまっておくのは、家でただ一人の男である父だけだった。長峰美玲という昭和の女優で、Fカップの妖精とキャプションにある。真裸の中心には黒々とした毛がうずまき、その毛と同色のショートブーツで、彼女は老人を踏みつけていた。
デザインはいかがですか。少し派手ですか。山羊は伏し目のまま、やさしい声で聞く。彼はこの靴をどうしてもわたしに履かせたい。悪趣味だが、趣味とはなんだろう。趣味を入れ替えれば、違う人間になれるかもしれない。今日のわたしは昨日のわたしではない。あの、先ほどは派手だと思いましたが、案外、見慣れてくるものですね。いいかもしれません。本当にわたしはそう思った。アンテロープ、アンテロープ、撃たれて跳ねる、したたりおちる胸のしずく……。少女の声が回り続けている。山羊はみしりと微笑んだ。そうでしょう。そうですとも。素敵ですよ。これを履いて歩けば人生はバラ色です。

十年以上前、知り合いの法律事務所で働き始めたとき、わたしはぶかぶかのパンプスを履いていた。なぜ、そんなことを覚えているかといえば、あなた、靴があわないんじゃないの？　と同僚によく言われたからだ。履いて歩くたび、カプス、カプスと音がした。道を歩いていると、時々、全身から「音」の聞こえる女の子と遭遇する。

体や服やバッグなどに、いろいろなものを吊り下げていて、それらがガチャガチャと ふれあっては音をたてる。当時のわたしもすこしはそうだった。音の出る子。カプス、カプス。かかとがあわず、脱げそうになっても、身にあわない靴を履き続けていた。この世に、あう靴はない、と考えていた。痛いのは嫌。すると、大きめの靴になり、すると、かかとが脱げてしまう。痛いよりはいいと思った。幼児のころ、足にあわない上履きを履いていて、かかとにむごい靴ずれを作った。皮膚が破れ血が流れ、それ以来、わたしにとって靴を履くことがすなわち受苦を象徴するものになった。裸足で生きていけない以上、この先の人生が思いやられた。あのとき幼稚園の先生は言った。我慢など、してはいけない。痛いときは、かかとを踏んで外しなさい。しかしわたしには、かかとを踏み外すほうが我慢するより難しいことだった。あらかじめ傷を回避するため、わたしはぱかぱかの靴を履くようになったのだろうか。わたしの靴の履き方は、一足をとことん履きつぶし、だめになったらまた、買うというやりかただ。交互に休ませながら履くということをしない。同時に何人もの人と、つきあうというようなことも。靴の話だ。しかしそうやって、サイズのあわない靴を履き続けていると、やがては足がおかしくなる。外反母趾は、窮屈な靴を履いたからというより、サイズのあわない靴を履き続けることに一番大きな原因があるらしい。悩みながらも、しかしわたしは、オーダーメイドで靴をつくることは考えもしなかった。貧しかったのが一番の理由だ。そこから抜け出ようとする覇気もなく、しかもお金を稼ぐことに、どこかうつろで本気になれなかった。分相応。とはきれいな言葉だが、自分は既製品で十分だと思っていた。それに――靴にお金をかけるということに、どこかやましいものを覚えたのも事実なのだ。自分の為に靴をつくるということ、それは自分の足型に世界全体を強引にひきずりこむということ。家をつくるより、靴をつくることのほうが、わたしにはとてつもない贅沢に思われた。

一度、結婚したことがある。勤めていた法律事務所に離婚問題で相談に来ていた顧客の一人に見初められ、その人の離婚が成立したあと、一緒になった。五年の短い結婚生活を送った。新婚旅行でヴェネツィアへ行った。ぱかぱかの靴を履いて。足を悪くしたあとのことだ。そのころは他に運動靴くらいしか、履くものがなかった。リアルト橋からサン・マルコ広場へ。目抜き通りのメルチェリエ通りから、少しはずれたところに一軒の靴屋があった。ここはとてもいい靴屋なんだよと、夫になったばかりの人が言った。彼は学生のころ、ヴェネツィアを旅したことがあり、この店を自分の足で見つけたのだと自慢そうだった。おしゃれな店ではなかった。埃っぽく暗い店。靴屋の店主は顔色の悪い、愛想も悪い人だったが、わたしの足を見ると、奥のほうから靴をとりだしてきて、「履いてみろ」というふうに——わたしはイタリア語を知らない——床に置いた。その靴も黒いパンプスだった。ヒールは、一本の電柱のような、とても頼もしい太さだった。わたしは今でも太いヒールが好きだ。石畳を砕くように歩けるから。甲を覆うようなデザインだった。驚くほどにぴったりだった。店主ははじめてにっと笑った。「これを履いて歩けば人生は楽しいぞ」——わたしにもそう思えた。その靴もまた、帰国後、早々に履きつぶしたから、もう手元——いや足元にはない。

それ以来、外国に行くと、靴屋ばかりをのぞくようになった。夫は商社に勤めていたから、たびたび外国に出張へ出た。ときどきはわたしを連れていってくれた。夫が仕事をすませるあいだ、わたしはその国々の目抜き通りを、幾度も往復し空気になじんだあと、恐る恐る横道やら裏道へ入ってみる。必ず、一軒は靴屋があった。相当、ぼんやりしているわたしだったが、鼻だけはきく。靴屋の匂いというものがあって、皮の匂いなのか、皮をなめす匂いなのか、たいてい、それを嗅ぎ分けることができた。落ち着くのは、ライトに照らされた美しい靴屋ではない。土気の混ざった重い空気が漂う、昼間でも暗いような店。地面を踏みつけるものが並ぶ店内は、重心も自然、低い位置にある。店主あるいは店員は、外国人であるわたしに気づくと、きまって、きまずく微笑むのだ。観光客に慣れていない。そういう店主のいる店が好きだった。わたしが熱心に靴を見くらべ、試してよいか？　と尋ねると、どのひとも目が光りだす。忘れられないのはインド・ムンバイの靴屋。店というよりそれは倉庫のようだった。外からも見える硝子張りの陳列棚には色とりどりのビーズの靴が、無造作に並べられていた。硝子は埃だらけで曇っていたが、ビーズだけはくっきりときらめいて見えた。６００円からせいぜい１５００円どまり。翻るサリーの足元にそれらが光っていたら、どんなに素敵だろうと思わせる。わたしは子供のように放心した。見ているだけで、夢がつま先まで充満していくようだった。店の奥からぎょろりとした目の男がのぞき、わたしに向かって手招きする。そんなものを買って、いったい、どこへ履いていくんだ。わたしがパーティーへ行くことを嫌がった父。父の声がふってきてわたしにあの手を無視させたが、ああ、ビーズ、ビーズの靴。あれはわたしのなかで、永遠に軌道を回り続ける衛星のようなものだ。たとえ履いていく場所がなくとも、たとえ足にあわなくとも、買っておけばよかった。心残りとはああいうものを言う。それに比べれば、ベルギーのリエージュで見た、青い布製のオープントゥは、すばらしかったが、心残りというものではない。世の中には、見るだけにとどめておいたほうがいい男女がいるように、あれも見るだけの靴だった。10センチのピンヒールこそ、いったい、どこへ履いていくんだ。こけずに歩ける自信もなかった。布製の靴は、足になじむのに時間がかかる。そのことを、わたしはすでに失敗から学んでいた。本体は死んでいても、革は足をつつみながら、微妙な伸縮を繰り返す。革は死後の時間を生きる。布にはそういう性質はない。

夫と別れたあと、法律事務所は、再びわたしを雇ってくれた。もう外国へは行くこともない。もう、二度と、過去の靴屋に出向くことはないだろう。

背広の胸のネームプレートを見て、わたしは山羊が「火置」という名であることを知った。また来たわよと、他の店員に言われているのではないかと怖れたが、わたしはしばしば靴売り場をのぞき、そのたび火置は笑顔で迎えてくれた。わたしは季節ごとにさまざまな靴を買い、そのいずれもが今まで買い求めてきたどの靴より高価だったから、貯金は音たてて減っていった。普段、贅沢をしないわたしが、靴に散財するとき、血が薄まるような陶酔感がある。やはりお金は使わなければならない。使わないと、血が腐る。わたしはいずれ、乞食になるだろう。黒のエナメル8センチヒール。夏用のベージュ・オープントゥ。甲の部分にベルトのついた、通称・メリージェーン。二色づかいの5センチヒールや、冬にはアンクルブーツときて、わたしはもはや靴大名。ああ、黒の、ショートブーツもあった。甲のところに交差する太いベルトがあり、全体がいかめしいデザインだ。履いて歩くと、かつかつと音がする。気分が高揚してきて、わたしは入隊したばかりの女兵士になる。わたしは軍隊に入りたいのだろうか。まさか。なのに、その靴を履いただけで、誰かを踏みつけたくて足がむずむずする。天を向く、ぶよぶよの白い丘。あれは古墳だ。その下に眠る皇族たち。わたしは太いヒールでのぼる。玄関の敷居を靴で踏みつけてはいかん。靴のまま家にあがるな。靴のまま畳にあがるな。蹂躙《じゅうりん》だ。蹂躙だ。父の遠い声がする。

人間の足には、いくつか型があるそうです。ご存知ですか。ある日、火置が雑学王のような顔で講義を始めた。エジプト型は親指が一番長い。ギリシャ型の足は山のかたち。人差し指が親指より長いんです。そして、親指、人差し指、中指がほぼ同じ長さでそろっているのはスクエアあるいはローマ型と称します。さてお客様の足は――。わたしは火置の名前を知っている。火置はわたしをお客様と呼ぶ。顧客カードを一度書いたので、知ろうと思えば知ることができるのに。お客様のおみ足は――そう、「ローマ」ですね。わたしより、わたしの足のほうがずっと大切だというふうに、火置はわたしの足をしげしげと見る。ぼんやりと全体を愛されるより、一部分を大事に扱われるほうがずっといい。火置にとって、わたしの足元が商品を飾る陳列棚の一つにすぎないとしても。元夫の足は「ギリシャ」だった。人差し指が一番長い。白く、薄べったいそれは、ギリシャの彫像のように美しかった。「スクエアあるいはローマ」のわたしは、ほとんどの指が同じ高さでそろっているが、ただ小指だけがエビのようにおれまがり、ほとんど退化しかかっている。爪など、いつ剝がれ落ちてもわからないくらいの、白いケラチンの塊と化している。長い間、足にあわない靴を履いていたせいだろうか、小指がもっとも被害を被った。わたしは自分の小指をずっといじめてきた。でも小指は、いじめられることをよろこんでいたかもしれない、などとわたしに思われている、かわいそうな小指よ、そこまでしてパンプスを履かなければならない理由など見当たらないのに、なぜわたしはヒールのある靴を履き続けてきたのだろう。背が低いからだ。人に軽いものとして見下され、塵《ちり》あくたのようにあしらわれ。しかし火置の靴を履くとそんなみじめさも吹き飛ぶ。わたしには自尊心のようなものがつく。つく、というのも変なのであるが。

死んだ母を思う。自分の足にあう靴と、おそらくは出会うことなく死んでいった母。いじめぬかれた母の足は、ひしがたに変形しており、そのかかとは、いつも岩壁のように固かった。町内会の温泉旅行に行く前、困ったわ、とよく言った。分厚くなったがさがさのかかとを、人に見られるのが恥ずかしいのだ。ダイヤモンドの粒子がついた、すばらしいかかと削りがある。わたしはそれで母のかかとを削ってやった。白い粉が驚くほどたくさん出たが、ある年は、もはやそれではおいつかず、皮膚科の医者に相談に行った。先生は怒ったらしい。こんなひどいかかと、見たことない。ここまで放っておいた人、初めて見た。先生はぷんぷん怒りながら、がりがりと刃物でかかとを削り、そのあとにクリームをぬって包帯を巻いたそうだ。かかとだけで人を怒らせることができる。どんなかかとかと思うだろう。娘であるこのわたしも、他人には見せられないかかとを持っている。人を怒らせるようなものすごいかかと。わたしたちは、とてもぶざまな肉体を、死ぬまでこうして運び続ける。

火置はどんな生足をもっているのだろう。彼の足元をしげしげと見る。たとえ生足は醜くとも、よく磨きこまれた靴にまもられ、火置の日常は隠されてある。頭髪から、整髪料の匂いがぷんとのぼった。その日は入ったばかりの新デザインという、灰褐色のパンプスをすすめられた。珍しい色味の靴だった。いかがでしょう。火置が山羊の目でわたしを見た。わたしを哀れんでいるようにも思えた。念のため、試し履きをして、靴売り場周辺を少し歩く。どうですか。ええ、ちょうどよいです。いつもどおりです。これ、いただきます。年末を間近に控え、靴のコーナーは混雑していた。

いったん奥へ戻り、箱に入った靴を持ってきた火置が、絵画はお好きですか、とわたしに聞いた。好きだが答えず黙っている。すると、火置も無言で靴箱を差し出す。箱の蓋のうえに、カイユボットという聞いたことのない画家の名前の、チケットとちらしが乗っていた。いつもご贔屓にあずかりまして光栄に存じます。よろしければ絵画展へご案内いたしたいと存じまして。わたしは今年いっぱいで定年になります。今年いっぱいとは年内のこと、あと二ヵ月もないのだった。

誘われる、などということが長くなかったせいで、わたしは自分がよろこんでいるのか、困っているのか、いぶかしんでいるのか、迷惑なのかが、自分でもまったくわからない。もしかしたら自分が断るのではないかと心配しているわたし。しかしわたしは断らない。火置の目にも、断られないという自信がみなぎっている。何一つ言葉をかわさないまま、約束が成立した。チケットには薄く鉛筆で、日付と場所、待ち合わせの時刻が書いてあった。

ギュスターヴ・カイユボット――印象派の一人であるという。セザンヌやルノワールと並ぶと、知名度では格段に劣る。ルノワールは苦手だった。幸福感にあふれた少女たちは、わたしにはまぶしすぎ、近づけない感じがする。けれどカイユボットという画家は違う。自画像の目を見れば、画家の目の奥にもえる孤独に、孤独な人間は感染するだろう。わたしはひと目でこの画家に惹かれた。「床削り」という絵が好きなんですよ。残念なことにこの展覧会には出されていません。むかし、オルセー美術館で初めて見たんです。火置は若いころから、休みがとれると、よく一人でパリへ出かけたそうだ。画集のなかには、この絵があります。そう言って、帰りがけ、火置はわたしのために、分厚い画集を買ってくれ、重いからと、それをずっとわたしに渡さなかった。「床削り」――画集では小さな扱いになっていたが、吸引力の強さでは、他のどんな絵にも劣らない。上半身裸になった男たちが、かんなで床を削っている。彼等の顔や表情は、床に向けられているため、絵を観る者にはわからない。日頃の、ひざまずく火置の残像が、絵のなかの男に重なって見えた。カイユボットは、読書にしろピアノにしろ食事にしろ針仕事にしろ、なにかの作業に没頭している、伏し目がちの人物を多く描いている。写真と違うのは、描かれた彼等に、見られているという自意識が感じられないことだ。没頭している彼等の視線の先に、観る者の視線も吸い込まれていく。床のうえには散らかったかんなくず。削ったあとの直線が、そのほうがずっと美しいというように、むしろぎざぎざに描かれている。窓からは柔らかな光が射し込んでおり、それがあたっている床の部分が、光を反射し光っていた。午前だろうか。午後の光だろうか。フェルメールの絵に射す光にも似ている。この床の上を歩いたならば、どんな靴音がするだろう。硬い木の床は靴裏に、相応の硬い返事をよこすだろう。孤独な人間は自分の足音で、自分の生を確認する。しかし美術館は分厚いじゅうたんで覆われているから、靴音は歩くそばから吸い取られてしまう。じゅうたんはじゅうぶんに柔らかでも、かすかに靴裏をおしあげるほどの弾力があり、その抵抗を足裏に感じながら、わたしは火置と、付いたり離れたりしながら絵を観ていった。

靴音がたたないので、ここに居ながら居ないような気がした。実際、そうなのだ。わたしはここに、居ながら居ない。わたしが見ているわけではない。見ているのは絵のほうだ。そうだ、そう、考えてみよう。絵はそこに固定したものとしてあり、鑑賞者が絵のまわりを川のように流れていくのだから、わたしたちのほうが、絵にとっての環境、というわけ。わたしは足の肉にかすかにくいこむ革の感触を楽しみながら、絵に見られ、ない足音とともに鑑賞を終える。美術館を出ると、足が痛い。両脇のところに血がにじんでいた。夕方になるとむくみますから。見下ろした火置が平然と言う。そう言われると、そうだと思う。わたしは、靴の革が、うすく肉にくいこむ感じが好きだ。

よろしければお茶でも飲んでいらっしゃいませんか。火置が言った。近くのアパートで暮らしているという。ここ京橋にアパートがあるとは考えもしなかったが、古ぼけたビルの一室を、火置はそう、呼んでいた。靴をぬいであがった。殺風景なワンルームが広がっていた。窓も小さく、これでは昼間でも、電気をつけないと新聞は読めないだろう。部屋の片隅には、靴の修理でよくみかけるような工具が、ごちゃごちゃと並んでいて、住居というより工房のようだ。わたしのよく知る匂いがした。そうそう、これ。靴墨と油とほこりとなめし革の匂い。ヴェネツィアの靴屋の匂い。匂うでしょう？　わたしの顔を見て火置が聞いた。はい、匂いますが、この匂いは好きです。それはよかった。なめし剤に、天然の植物の渋を使っているんです。皮の持つ本来の匂いにそれが加わって、独特の匂いがするかもしれません。なめしまでここでやっていらっしゃるんですか。いや、なめすのは大変な作業ですから、昔からのなじみに染色後の革を少し分けてもらっています。「皮」が「革」となるまでには大変時間がかかります。

ハンマーとか、それからおそらく靴幅を広げるものだろう、鈍い光を発した、使い込まれた工具が、静まり返ってわたしを見ていた。太い糸とミシンもある。まるめられた革の端切れも。火置はどんな靴を作っているのだろう。作ったあと、それらは誰に履かれるのだろう。

うちのおやじは、浅草の花川戸《はなかわど》の生まれでね、代々、靴屋を営んでいたんです。京橋へ移ってきてから、わたしが生まれました。皮革製品全般を扱うようになったのは父の代から。財布や鞄なんかも作っていました。わたしが学生のころから、わたしに彼女ができると、おやじはいつも彼女たちに、手作りのバッグやら財布をプレゼントするんです。みんな最初はすごくよろこぶ。だけど最後は、なぜか、どの娘《こ》とも結婚に至らなくてね。グッチやフェラガモ、コーチなんかのブランドには負ける。みんなやっぱりそっちがいいんだ。この歳まで独身です。独身なのは父親がそんなものをプレゼントしたからだというような口ぶりで火置は言う。お父様は。死んで六年になるかな。最後は仕事を整理して、靴一本。死ぬその日まで靴を作ってました。ここが仕事場でもありましたから。

改めて近距離で向き合うと、火置がきゅうに大きくなったように感じた。ヒールの分がさしひかれて、わたしがありのままの自分に戻っただけなのだ。失礼ですが、あなた、ずいぶん小さかったんですねえ。あきれたように火置が言う。それだけでなく、急にくだけて、小柄なわりに靴のサイズがばかに大きい、とも言った。ええ、馬鹿ですから。名前も男鹿《おが》。わたしは男鹿の大足ですから。自分で言って冷えてしまう。火置は真顔で、ほお、男鹿さんですかと言った。男鹿さんならば、男鹿半島を地図で見たことがあるでしょう。ちょうど、ショートブーツのようなかたちをしている、むかしからずっと気になっていましてね。あら、そうなんですか、わたし、男鹿半島がどこにあるのかも知りません。男鹿は父方の苗字ですが、男鹿半島に親戚はいないんです。祖先はそこで生まれたのかもしれませんが、わたしにはまったくわからないことです。女の子は革なんて身に付けるものじゃない。女の子は革なんて。アンテロープ、アンテロープ、撃たれて跳ねる、したたりおちる胸のしずく……。

なに、大きな足でもかまわないのですよ。小さくすればいいだけの話ですから。そう言った火置の目の、中心点が、かくりと、ずれた。ハンマーでたたけばいいんです。たたいてつぶししばっておりまげそれからたたんでまるめこむ。そりゃあ最初は臭いますが。消毒だってひつようですが。何の話ですか。いや、あなたの足じゃない。中国の纏足《てんそく》の話。こどものころ、おやじに連れられて見たんですよ。三の酉《とり》まであった年、浅草花やしきの奥に臨時の見せ物小屋が設えられたことがありました。今じゃあれがそうだったのかどうか、薄暗かったから、確かめようもないんですが、中国から来たおばあさんというふれこみだった。臭うこと、臭うこと。あのかたまりは、人間じゃあなかったかもしれない。しかもそれが闇のなかで鳴いた。馬でもない、羚羊《かもしか》でもない、豚でも猪《いのしし》でも鼠《ねずみ》でも兎《うさぎ》でもない。なんだかわからないものが鳴いたんです。

わたしは思わず、手で口を覆った。今、わたしが口を開けば、その声がそのまま出てくるとわかった。きょうはよくつきあってくださいました。あなたに靴を贈ります。火置はそう言って、奥から、動物の蹄《ひづめ》、いや茶褐色の、見事に磨かれたショートブーツを持ちだしてきた。ああ羚羊。夢に見た、あの羚羊の脚だ。これでやっと、にんげんをやめられる。わたしは火置から靴を受け取ると、頰を寄せて、懐かしい革の感触にひたった。坂道だって一気だろう。空に蹄で傷をつけ、わたしは天空をかけあがる。そうして夜明けにいななくのだ。まだ誰も聞いたことのない、褐色の、濡れた、激しい産声をあげて。そう思うと、今まで味わってきた靴の痛みも、わたしが生まれ変わるその瞬間のために天からさしだされた恵みにほかならないと思えた。わたしはその場で羚羊の脚に、そろりと生足を入れてみた。冷たい皮が肌をつつむ。きゅうきゅうと音がたった。夜、靴をおろしてはいかん。部屋のなかで靴を履くなんてもってのほかだ。その声を封じ込めると、おお、ぴったりですね。火置が声をあげた。履くのは簡単ですが、ここまでぴったりだと脱ぐほうがやや難しいかもしれない。火置は不安そうな顔でわたしを見るが、わたしは少しもかまわなかった。二度と、羚羊の脚を脱ぐつもりはない。

クエルボ

星野智幸

緑と黄色のニット帽をかぶった、見栄えのする顔立ちの長身の青年に、その白い小型犬は引かれていた。土曜早朝の遊歩道には、マラソン人《びと》が息を白くして行き交っている。

毛のふさふさしたテリヤらしきその犬は、老いているのか足取りがよちよちしていて、遊歩道の植木一本一本の根本を丁寧に嗅ぎ、なかなか進まない。リードを握っている青年はスマートフォンをいじりながら、ゆっくりついていく。

私の十メートルほど手前まで来たところで、白犬は立ち止まり、身を縮こまらせた。後ろ肢を前肢に近づけ、尻を落とし、震え始める。ちょうど私にお尻を向けているので、ブツが顔をのぞかせるのが見えてしまう。

スマートフォンを見ていた青年は犬の排便に気づくのが遅れ、「あ」とつぶやいて、尻の下に敷くティッシュを取り出そうと、手にぶら下げていた小さなバッグを探った。その際にうっかりリードを放してしまう。伸び縮み式になっていたリードは、手を離れるやシュルシュルと巻き取られ、犬の首輪めがけて縮まっていく。そして無防備な肛門をぴしゃっと打ちつけた！

驚いたのは、まさに一番大事なところにさしかかっていた白犬である。ビクンと体を震わせると、あわてて体を起こし背後を振り返る。途中まで出かけていたうんちは半分ちぎれて落ち、残りは引っ込んでいくのが、私には見えた。白犬は心外きわまりないといった表情で青年のほうを見上げて、落ち着かずに足踏みしている。

「ごめん、ほんっと、ごめん」と青年は犬に謝りながら、落ちたうんちをティッシュで拾い、リードもつかみ、「悪かった、ごめんよう、許して」と繰り返す。

私は声を立てずに笑うのが苦しく、笑っている姿を見せるのも犬に悪いような気がして、あさってのほうを向いた。

目に入ったのは、一軒家の二階の窓だった。窓枠のところにミルクティー色の猫が座っていて、ガラスにぴったりと顔を寄せている。鼻先のガラスが、吐息で丸く曇っている。この猫も今の犬のうんち中断劇を目撃していたのかと思うと、また可笑《おか》しくなって、私は後ろ向きになってうつむき、息を殺して笑った。その私の横を、青年と白犬が通りすぎる。横目で見ると、青年はまたスマートフォンに気を取られている。

あの犬はこの散歩中にうんちの続きをできるだろうか。年のせいで代謝が悪くなったのか、近年便秘がちで残便感にしばしば悩まされている私は、白犬の直腸のもどかしさが気になって仕方なかった。

笑いが収まって顔を上げると、遊歩道に沿った狭い車道で、フクシャ色のジョギングウエアを身にまとった若い女性がしゃがんでいる。気になって近寄ると、地面をスズメが這っている。

「足を怪我してるみたいなんですよ」

近づく私を見上げ、女性は言った。私もしゃがむ。スズメは足の爪の何本かが内側に折れ曲がり、うまく歩けないのだ。それでも人から逃げようとして這っている。

「飛ばないんですね」と私は言った。

「きっと留まれないからずっと飛び続けてて、力尽きたみたいで、ここでぐったり倒れてたんです」

「どこか安全なところに運んであげるのがいいんですかね」

「あれが気になって」と、女性は斜め上を見上げた。葉のない桜の木の枝に、カラスが一羽、留まってこちらを見ている。頭の毛が突っ立って盛り上がっているから、ハシブトガラスだ。

「ずっとあそこにいるんです。この子を狙ってるような気がして」

「ぼくが追い払いましょう」

そう言って私は立ち上がると、桜の木に近づき、幹を叩いて揺すった。カラスは動かない。小石を拾って、カラスに向かって投げてみる。

「あの、そういうことはしないほうが」

女性はそう言い、あたりを見回した。遊歩道に面した公園で、子どもが二人、こちらを見ている。

「私、この子を連れて帰って、あとで獣医に診てもらってきます」

女性はまたぐったりして動かなくなったスズメを、両手のひらでそっと抱えた。スズメはもう逃げようともせず、静かに手に収まる。そのまま女性は足早に立ち去った。

私はカラスを見た。カラスは女性を追うでもなく、じっとしている。猫のいた窓を確認すると、猫はもういなかった。

犬につられたわけではなくおそらく冷えたのだろう、私は公園の公衆トイレに入った。ドアの内側には、「飲食禁止!!」と張り紙がしてあった。誰が公園の公衆トイレで食事をするというのだろう。よしんば食事をしたところで、誰の不利益になるのだろうか。

用を足すと、私は散歩を続けた。遊歩道の終点までのいつものコースを歩む。私のすぐ前方の欅《けやき》から、枝を揺さぶる大きな音が立って私を脅《おびや》かした。目を凝らすと、カラスが留まっている。

マークされてる、と直感した。たまたま別のカラスが留まったんじゃない、さっきのカラスが私をつけているのだ、と思った。実際、そのカラスは私に同行して、とうとう、私が自宅のマンションに入るまでを見届けたのだった。

亜矢子と二人での朝食を終え、リビングのソファで新聞を読んでいるとき、音ではないものに呼ばれた感じがあって、ベランダに視線をやった。

三階にあるわが家のベランダは、ちょうど電柱の高さと等しい。その電柱の頭にカラスが留まって、こちらを向いている。

電柱のさらに向こうには送電用の鉄塔があり、そのてっぺんにカラスが二羽留まってあたりを睥睨《へいげい》している姿は、しばしば目撃した。このあたりを縄張りとしているのだろう。

このカラスと先ほどまで私を追っていたカラスとが同一なのかどうか、私には判別がつかない。けれど、こうもカラスに見られるのは偶然ではないような気がして、私は同じ一羽のカラスに密着されている、と思ってみることにした。

馴染みのカラスが、自分の縄張りにいる人間の行動を把握したくなって追跡しているのだ、と想像してみる。私は自由意思でここで暮らしているように思っていたけれど、じつはこの縄張りの主であるカラスの支配下にあり、カラスのおかげで平穏な生活が送れているだけなのだ。それでカラスは今日、みかじめ料の取り立てに現れた。

私はソファから立ち上がり、ベランダに出た。カラスは私から目をそらした。

奥の鉄塔の中ほどにも、黒い種のような姿を見つける。やはりいつもの番《つがい》なのだろう。このカラスは私を監視しているのであって、足に困難を抱えたスズメを狙っていたわけではなかった。私は親指を立てて、グッドジョブの合図をカラスに送った。カラスは、カアカアと鳴いて返した。

通じたのか！　と私はドキドキしたが、奥のカラスが飛んできて、電柱のカラスのそばに留まったので、何だ俺に応えたんじゃないのか、と少し落胆した。

最初に留まっていたほうのカラスは背中で翼をもぞもぞと動かし、それから左翼を大きく広げ内側を嘴《くちばし》で突いたりしている。続いて逆側の右翼を広げたとき、鉄塔から来たほうのカラスが、留まっていた電柱の枝から、最初のカラスのいる電柱の頭に移ってきて、毛繕いする翼の内側に入った。最初のカラスは翼を閉じることができなくなり、そのまま翼でもう一羽を抱え込むような姿勢になった。寄り添って肩を抱いているようで、私は口笛を吹いた。

写真を撮ろうと思い、「カラスがカラスの肩を抱いてる」と亜矢子に教えながら、書斎へ走って望遠レンズを装着したデジタル一眼レフを取ってくる。だが、カメラを構えたとたん、二羽は飛び立っていってしまった。

「そんな長いレンズ向けたら、鉄砲か何かと思うでしょ」と亜矢子は笑った。

「わかってるんだけどさ、つい」

洗いものを終えた亜矢子が、テレビをつける。私は新聞に戻る。民放のワイドショーで、昨日成立した機密保護法の問題点を、面白おかしく解説しているのが耳に入ってくる。皆さん、今のうちに言いたいことは言っておきましょう、この際、公務員の皆さんも、じゃんじゃん機密を暴露しちゃえばいいんです、施行されるまでは罪になりませんから、とコメンテーターのタレント作家が言う。そうだそうだ、と亜矢子が小さく賛同するのが聞こえる。

私の中で何かが切れた。

「カラスって、何食べるんだっけな」私は言い、冷蔵庫を探った。

「まさか、餌あげるの？　やめてよね」

「あいつは偉いんだよ、弱ったスズメを狙ったりしないんだから」

「わけわからない」

「これはもういらないよね？」

タッパーに入った数日前の残り物の肉野菜炒めを私は示した。雑食性でゴミを漁ったりするんだから、うってつけだろう。

「冗談でしょ。糞尿とかだってヒヨドリの比じゃないんだから、やめてよね」

わが家のベランダには春になるとブルーベリーを狙ってヒヨドリが毎日、襲ってくる。ブルーベリーの花や実を食うだけでなく、何かの種の混じった落とし物を残していく。グリーンネックレスを実と間違えて食い荒らしていったときには、「偏差値低い」と亜矢子と二人して笑ったものだった。

「汚されたら俺が掃除するから」

「何考えてるの。嫌だって言ってるでしょ」

「何でそんなにカラスを嫌うんだよ」

「嫌いってわけじゃないけど、わざわざ汚されるような真似、しなくてもいいでしょうが」

「だから俺が掃除するって言ってるじゃないか」

「洗濯物とかに糞されたらどうするの。私が洗濯干してるときとかに寄ってこられたら、たまらないし。本当にやるなら、洗濯もこれからはクエルボがしてよね」

亜矢子はもう四十年近くも、私をクエルボと呼んでいる。二十代で知りあったとき、デートでバーに行くたびに、テキーラのホセ・クエルボ１８００アネホをショットで頼むのが私の楽しみだった。

「ああ、するよ。今だって三分の一ぐらいは俺がしてる」

「そんなんだから友だちできないんだ」亜矢子は独り言のようにつぶやいて、私にとどめを刺した。

小皿に肉野菜炒めの残りを空け、ベランダの手すりに置き、落ちないようにガムテープで固定する。

先々週、かつての職場の同僚から、機密保護法案反対の署名が回ってきたとき、私は署名しなかった。同僚たちは定年後の暇に任せて、反対運動で盛り上がっていた。私は誘われなかった。当然だ、職場で私のことなど誰も気に留めなかったのだから。それがこうして数が必要なときだけ、思い出される。私は連中にとって、ただの数値なのだ。

亜矢子はそんな私の態度を、「個人的なわだかまりと、この法案をどう思うかは、別に考えたほうがいいと思うけど」とたしなめた。「私の反対分として、クエルボが署名をしてよ」とも言った。

私はかたくなになった。「自分たちの盛り上がりのためにだけやってる反対運動なんて、実を結ぶはずがないんだよ。やるならもっと真面目にやるべきなんだ」

「じゃあ、クエルボが自分で声かけて活動したら？」と亜矢子は言った。

「俺はそこまでするほど、この問題のことはよくわからないし」

「なら、『真面目にやるべきだ』なんて偉そうな言い方、しないほうがいいんじゃない？」亜矢子は「真面目にやるべきだ」のところで、私の口真似をした。

「偉そうなのはあいつらのほうだよ」私はつぶやいた。

署名嘆願のメールを回してきた北景《きたかげ》は、「室内《むろうち》も世の役に立てるんだ、ぜひ前向きに検討してくれ」と書いてきた。

「政治の話なんか興味もなかったくせによ。それ以前に、俺はあいつらが社内の地味な不幸にどれだけ無関心だったか、何十年も見てきたんだ。世の中の役に立つって、いったいどの行いを指して言ってるのか、俺には全然わからないね」

亜矢子は心底疲れたという顔をして、溜息をつく。確かに亜矢子は、私のこのたぐいの愚痴を、四十年近くも聞かされ続けてきたのだ。

「もう退職したんだから、自由になりなさいよ。私にはクエルボが好きで居心地の悪い穴蔵に閉じ籠もってるようにしか見えないよ」

「四十年の澱《おり》は石みたいに固まってて、簡単には取り除けないんだよ」

「わかるけどさ、私が言いたいのは、クエルボが好きで閉じ籠もってるってこと。抜け出ようともがいたりもしてないじゃない」

「してるさ！　だからカラスに餌をやってみようとしてるんじゃないか！」

亜矢子は怪訝と軽蔑のブレンドされた表情で私をちらりと見、すぐテレビに視線を戻した。脳内で先々週の亜矢子との会話を思い出しているうち、私はつい声に出して抗弁してしまったようだ。日常的に起こることなので、亜矢子ももう説明を求めない。

私は亜矢子に後ろめたさを感じた。亜矢子が誰よりも私のことを理解したうえで愛想を尽かしているのは、十分にわかっている。小さな食品輸入会社で働いてきた亜矢子は、私に言われるまでもなく、組織内の無関心がいかなるものかを体験し尽くしていた。亜矢子にとって毎日普通に働くことは、社内での孤独な戦いを意味し、その戦いを乗り越えた身としては、私の生き方が卑屈に見えるのは当然だった。

亜矢子の影響を強く受けて育った一《はじめ》は、思春期以降、冴えない私を疎んじてあまり話したがらず、東京の二流大学に入ると学生のうちに起業し、今では小規模な旅行代理店の経営者として忙しく立ち回っており、実家には寄りつこうともしない。

退職後、私は、亜矢子の強い勧めに従って、一緒にタンゴ教室に通い始めた。タンゴのコンサートにもつきあうし、亜矢子が新しいCDを買ってきたら、必ず一緒に聴く。退職する少し前から亜矢子はタンゴに熱中し始め、自分でも習い始めたところ、男が少ないから来てほしいと請われたのだ。死ぬまで一緒にできることを何か一つ持っておきたい、とも言った。私には中途半端な写真ぐらいしか趣味がないから、亜矢子のテリトリーに入るのがいいと思った。それでタンゴを好きになるように努力している。

けれど、教室でうまく社交できないのだった。勤め人時代のように、周囲に適当に合わせて可もなく不可もなくつきあう気には、もうならない。といって、自分を押し出してペースを作っていくなんてこともできない。そんな生き方は何十年もしたことがないのだから。亜矢子はそんな私に半ば苛立ち、半ば諦めつつ、タンゴを好きになろうとする私の努力は認めてくれていた。

ワイドショーからスペイン語講座の録画視聴に切り替えた亜矢子を尻目に、だいたい世の役に立てると思い込んでる傲慢さに気づかないって、いったいどういう精神構造してるんだ、と私はぶつぶつとこぼしながら、整体の先生に教わったストレッチを始める。腰が弱いので、このままでは七十代に入るなり寝たきりになる、ずっと介護してもらうことになるけどいいのか、と脅され、ストレッチの習慣がついた。

何が世の中の役に立つかなんて、わかるわけないじゃないか。自分が善だと思っていることは、じつは多くの人の迷惑でしかないかもしれない。逆に、無意味だと思われた行いが、秘かに誰かのためになっていたりする。例えば、もし人類の繁栄の後にカラスの繁栄の時代が到来するとしたら、私の行為は未来のためになっているかもしれない。人の世のためではなくても、この地球という世のためになっているかもしれない。

だから私は役に立つとか立たないとか、そういう観点は放棄したいのだ。そんなことを生きる基準にしたくないのだ。今までどれだけ、有益な人間でなければならないと促され、自分でもそう思いながら、現実には役立たずで、無価値な自分を切り捨ててきたことか。

俺だってもがいてるんだよ、とまた声に出しかけたが、さすがに押しとどめた。ストレッチを終えて、意味もなくカメラをいじっていると、亜矢子が「そうだ、金属ゴミ捨てといて。玄関にまとめてあるから」と言った。

「金属ゴミは月曜だろ。今日じゃ早いんじゃないか？」

「いいの、生ゴミじゃないから。明日は午後から教室合同グランミロンガでしょ。ゴミのことなんか気に留めてられないから、もう捨てといて」

まあ、うざったい私を少し部屋から追い出しておきたいんだな、と感じて、私はゴミ出しついでにまた散歩することにし、カメラを持った。

ゴミは大半が針金ハンガーだった。まだ使えるのにもったいない、と思ったが、掛ける服がないのでは、とっておいても場所を塞ぐだけだ。亜矢子は捨てる捨てないの見極めが早いが、私は優柔不断だ。

どことなく未練を残しながら、私はハンガーをゴミ置き場に捨てた。

漫然と住宅街を徘徊しながら、椿のたぐいだとか澄んだ空気が作る光と影のコントラストだとかを、写真に撮る。

やがて、捨て子の森公園に行き当たる。かつて渓谷だった付近一帯が開発され、ここだけ取り残されてそのまま公園として整備されたのだ。中央を走る渓流は、住宅地域では暗渠《あんきょ》化されて緑道となっているが、公園内ではむき出しで流れている。渓流の右岸は南斜面で日当たりがいいものの、北斜面の左岸はいつでも陰っていて、昼間でも霜柱が溶けない。

枯れ葉に覆われてふかふかの北斜面を歩きながら、頭上で骨のごとく枝を曲げている木々を見上げる。シルエットになった枝のところどころに、できもののような影が凝固している。

カラスたちが留まっているのだった。ときおり激しく鳴き交わしては、何羽かが飛び立って木々を移る。下から見上げると、翼を大きく広げた黒いシルエットはやけに大きく感じられ、猛禽類にさえ見まがうほどだった。

私はその姿を写真に納めまくった。あえて画質の粗いモノクロにしてみた。その場にしゃがんで、撮った写真をカメラのモニターでチェックしていたら、背後からかさかさと足音が近づいてきたので、振り返る。

カラスが歩み寄ってきていた。またあのカラスか？　判別はつけようがない。

私は緊張し、体の向きを変えて身構える。カラスは歩みを止めない。私のほうが何だか焦ってしまって、しゃがんだ格好のまま後ずさりする。カラスは私が最初にいたあたりまで来ると、ようやく歩きやめ、地面をつつき始めた。そして何かをくわえては呑み込む。餌の隠し場所だったのだろうか。それならもっとこっそりと食べろよ、と思う。

私はカメラをできるだけ低く構え、そっとシャッターを押す。ふだんからシャッター音は切ってある。カラスは少しこちらを向いたが、さして関心を払わずに食べ続ける。

頭上から、別のカラスが降りてきた。ほうら、言わんこっちゃない、と私はつぶやく。

食い物の奪い合いになるかと思いきや、飛び降りてきたカラスは、地面すれすれで羽ばたき、再び舞い上がると、対面の木の高みに留まった。そしてまた飛び降りてくる。いや、飛ぶのではなく、翼も広げずにただ落下してくるのである。そして地面すれすれのところで、羽ばたいて舞い上がる。餌を食べているほうへの威嚇かとも思ったが、地面のカラスは平然と食べ続けている。

また一羽が現れ、同じ落下と上昇を始めた。そいつらは、アウアウとか、クカアクカアなどと声を出している。私には嬌声に聞こえた。

まさか、遊んでいるのか？これは言ってみればカラス版バンジージャンプなのか？

圧倒されてたたずむほかない私をよそに、カラスたちは落下劇を続け、食事を終えた個体まで加わり、うち一羽は落ちてから飛び上がるときに私の肩にぶつかったりした。俺をからかっているのか、と頭に血が上りかけたが、そのカラスは私の前に降り立って、私のことをじっと見つめ、クー、クーと小声で鳴いた。私はしゃがんだ姿勢で後ろ手を組み、カラスのつもりで、アーアーと喉から声を出してみた。

気持ちいい。自然な気がする。

カラスはそんな私をもうしばらく無言で見つめると、ついて来いという形に小首をかしげ、また飛び上がって遊びを再開した。私はついて行かれないことに無念を感じた。

遊び飽きると、枯れ葉の上に降りて休む。そしてときおり、コ、コ、コと低い声でつぶやいたり、ガルガルと喉の奥を震わせるような、うがいのような音を立てて応えたりしている。ア、ア、アと小さな声を漏らしながら、白い液状の糞を噴出するのもいる。

「便秘の苦しみとは無縁なんだな」私はそうつぶやいて立ち上がる。カラスたちは泰然として飛ばない。私は興奮と充実を味わいながら、公園を後にした。

公園の出口のところで、陽光を反射した鋭い光が私の目を貫いた。目を細めると、ゴミ置き場で何か金属製品が輝いている。近寄ったところ、ステンレス製の針金ハンガーだった。

美しいと思った。こんな美しく、まだまだ使えるものを、どうして捨てるんだろう。この持ち主にはもう不要だっただけのことだ、現にうちだってハンガーを捨てたじゃないか。

そう考えたとたん、でも俺には必要なんだ、という強烈な欲求が迫り上がってきた。私はビニール紐で縛ってあるハンガーの束を手に取った。

自宅マンション前のゴミ置き場に着いて、先ほど捨てたハンガーを拾い直すまでに、私はあちこちのゴミ集積場を巡って計三束のハンガーを回収していた。自分でもどうしたいのかわからないのに、まるで喉の渇きを癒やすかのようにハンガーを集めずにはいられない。

大量のハンガーを抱えながら、私は鉄塔の下まで行った。鉄塔を囲む金網の柵の前には、人目につかない小さなスペースがあり、そこでハンガーの束をばらすと、軽く折り曲げたり組み合わせたりしながら、子ども用の浮き輪大のリースのようなものを作り上げる。こういうものを作りたい、というビジョンがあったわけではない。夢中で針金ハンガーをいじっていることが楽しく、気がついたらリース状のオブジェができていた。

完璧な形にはまだ届いていないと感じたけれど、おおむね満足だった。色とりどりのハンガーの配置具合も、調和がとれている。ためつすがめつ眺めては、おまえは美しい、とつぶやく。

気が済んだので、輪っかを鉄塔の裏側の目立たない場所に隠すと、自宅に戻った。明日の衣装を見分している亜矢子には、何も報告しない。明日のために少し練習をしようと言うので、簡素な部屋着に着替え、しばらく汗を流す。

しかし、どうにも気持ちが落ち着かない。何かをし忘れているような、残便感にも似た感覚が、私を居心地悪くさせる。

練習がひと息ついて、ヨーグルトとシリアルとフルーツの昼食を済ませると、私はまた散歩に出た。「明日があるんだから疲れすぎないでよ」と亜矢子はやや不満げだ。

足の導くまま歩いて着いたのは、またしても捨て子の森公園だった。私は枯れ枝と枯れ葉を拾い始めた。他人のすることを眺めているような気分で、俺は柴刈りの爺さんか、と独りごちて笑う。

集めた枝を運ぶものは何も用意していないので、枯れた蔓《つる》で縛ってまとめ、背負うための肩紐まで作る。柴を背負って住宅街を歩くのはそうとう恥ずかしかったが、私は敢行した。そして鉄塔に運ぶ。

ハンガーリースの内側に枝を組んで、穴になっていた部分を塞ぐと、枯れ葉を敷きつめる。私はそこに尻を押しつけて座ってみた。子ども用の浮き輪ぐらいの大きさだから、さすがにきついが、座れないことはない。まあこれで十分だろうと納得して、またハンガーリースを鉄塔の裏に隠した。何が十分なのか、このときはわからなかった。

翌日の朝はいつもよりだいぶ早く目が覚めた。午前四時半、まだ日の昇る気配もない。起き出すと、「何、こんなに早い時間に」と亜矢子が反応した。
「緊張してるせいか、早く目が覚めちゃってね。ちょっと散歩してくる」
「疲れすぎないでよ」
「気合いが入りすぎてるから、疲れて少し緩んだぐらいのほうがいいんだ」
「まあそうかもね」

表に出ると、どこからかニワトリの鳴き声が小さく響いてくる。こんな都会の中に農家でもあるのだろうか。空も東からうっすらと白み始めている。

鉄塔のもとに行く。ハンガーリースをつかむと、私は緑色の金網の柵をよじ登り始めた。腰の弱っているこの年齢で、そんなことができようとは思ってもみなかった。

金網の上に張り巡らされている鉄条網を、用意してきたペンチで切る。そして柵を乗り越えると、力尽きかけながら、内側に降りる。

地べたに尻を突いたまま、しばらく立てなかった。その間に空は透きとおってゆき、キジバトやスズメ、ヒヨドリなどが鳴き始める。

回復して自分を取り戻すと、今度は鉄塔に登る。自分の大胆さにあきれるほかないが、そんなことよりも、自分の内側から湧き上がる欲求に素直に従うことのほうが大切だった。この欲求こそが、自分らしさそのものなのだ、という確信が私にはあった。これが私だ、という手応えがあった。

中ほどまで登ったところで、頭上からカラスの鳴き声が降ってきた。見上げると、いつものやつが鉄塔の先端に留まっていて、あたりを睥睨《へいげい》している。もう一羽は見当たらない。すでに鳥でも視界がきくほどに明るくなっている。

あのカラスに守られているという心強さとともに、私は登り続けた。カラスは時おり鳴き、私はカラスを見上げ、カラスは私を見ている。

てっぺんから五分の一あたりのところで私は、ここだ、と感じた。高圧線の近くで、鉄枠の間に鉄板が渡されている。ハンガーリースをその上に置き、安定を確かめると、私はリースの中央のくぼみに尻を押し込んで座った。

カラスは私の二段上の鉄枠に留まっていた。そして私が動かなくなったのを見届けると、羽ばたいて私のそばに降りてきた。私に背を向ける格好で、外を監視している。

腹が痛くなってきた。冷えたのだろうか。でもここではどうしようもないじゃないか。我慢するしか。

自分の説得を裏切って、私はその場で尻をむき出しにすると、リースの上にしゃがんだ姿勢でふんばった！

出た。明らかに肛門とは違う通路から、小さなものが三つ、転がり出た。全身の力を使い果たし、脚がぷるぷると痙攣している。ズボンを上げながら、転がり出たものを見る。

緑がかったウズラの卵だった。いや、私が産んだのだから、ウズラの卵ではなく、私の卵だ。クエルボの卵だ。新しい未来の誕生だ。私とカラスとの。

私は卵の上に座り、股間を押しつける。孵化《ふか》が待ち遠しい。誰が何と言おうと、どんなやつがどんなことをしてこようと、私はここを死守するつもりだ。食べ物は彼が、と私は横にいるカラスを見て、声に出して言う。「あんたが運んでくれるよね」

カラスはカラスなりに澄んだ声で、アーアー、と高らかに鳴く。そして大きく翼を広げ、私の餌を集めに、空へと滑り出す。

私は誇りを感じる。私もアーアーと声を上げてみる。

正面に見えるマンションの三階のベランダに、寝巻きの上に直《じか》にダウンジャケットを羽織った亜矢子が姿を現した。私は激しく動揺したが、すぐに覚悟を決めた。こちらを凝視している亜矢子は、顔も洗っていないのか、右目の内側のふちに、かすかに目やにがこびり付いているのが見える。

「みっともないよ」と私は叫んだ。

亜矢子は顔をしかめ、まったくうるさいカラス、とつぶやくと、部屋に戻ってガラス戸をぴしゃりと閉めた。その指の爪が少し伸びすぎていることまで、私の目には鮮明に映った。近視で老眼であるはずの私の目に。

ニューヨーク、ニューヨーク

津島佑子

ニューヨークのことなら、なんでもわたしに聞いて。

それがトヨ子の口癖だった、というのだ。とつぜん、そう言われて、相手がきょとんとしていると、トヨ子はさらにつづけて言う。

ニューヨークにはどんな道があって、どんなお店があるのか、なにからなにまでわたしの頭に入っているんだから。

そこまで言われると、相手は疑い深く問い返さずにいられない。

ほんとに？

それ、ほんとなのか？

男も思わず、その話を伝えてくれた息子の薫に聞き返した。

薫はうつむいたまま、怒ったような口ぶりで話しつづけた。

相手の疑いにも、トヨ子はまったくひるまず、自信たっぷりにうなずき返した。ニューヨークの話を言いだすときのトヨ子は、たいてい上機嫌に酔っ払っていたという。当時のトヨ子は女友だちの何人かとビールを飲む土曜日の夜を楽しみに生きていた。とはいっても、それは三週間に一度ぐらいの楽しみに過ぎず、しかも、女友だちにもトヨ子にも子どもがいて、みなが自分の子どもを引き連れて居酒屋に集まるのだから、にぎやかにちがいなかったけれど、かなり所帯じみた集まりではあった。自分ひとりの収入で子どもを育ててきた女たちは、お金にもけちけちしていて、料理一品一品の金額を注意深くチェックしながら注文するので、よけい貧乏くさい印象をまぬがれなかった。

薫が立ち去ったばかりの椅子を見つめながら、男は水を飲む。父親と会う場所として中学生の薫が選んだファミリーレストランは、男にとってなじみがなく、日曜日のこの時間、まわりはにぎやかな家族連れだらけで、いかにも居心地がわるい。夕飯をおごってやる、と言ったのに、ばあちゃんが用意してくれるから、と薫は拒否した。食事の時間帯をはずして会うことになったので、せめて、ケーキのたぐいでも、と男は薫に勧めた。薫はそれも断った。夕飯が食べられなくなっちゃう、と言って。結局、男と薫はふたりとも、ドリンクバーでリンゴジュースを選んで、テーブルに運んだ。薫はジュースを飲み干し、今は空になったコップだけがテーブルに残されている。

居酒屋で女友だちとたまに飲む、たったそれだけの楽しみが、トヨ子を支えていたのか。そう考えると、男の胸に痛みが走る。あんまり、みみっちすぎるじゃないか。けれど女たちのなかで、トヨ子だけは生活のにおいを漂わせず、思いきりのよい、ときには奇抜すぎる服を身につけて、大きな体で豪快にビールを飲み、笑い声をはずませたはずだ、と男は思い直す。

銀座にある高級ブティックの下請けで婦人服を手がける母親が、トヨ子の服も仕立てていた。おそらく、デザインが派手すぎたり、特大サイズの残り物の服を、トヨ子にまわしたのだろう。一般的な女性だったら着こなせないかもしれない服でも、トヨ子には不思議に似合った。肌がとても白くて、体が大きくて、顔立ちもギリシャ風といえばよいのか、鼻筋が通り、目尻のつり上がった眼がよくひかっていた。それなのに、名前だけが信じられないほど古めかしくて、はじめて聞いたとき、トヨ子の親たちはなにを考えて、こんな名前をつけたんだろう、と男は疑った。そのトヨ子は自分の産んだ赤んぼに、いかにも少女趣味な薫という名前をつけた。もちろん、父親である男にはなんの相談もなかった。

元気なころのトヨ子がどんな服を着ていたのか、薫は男の子なので具体的にいちいちおぼえていないと答えたが、例外的に、紫の、かなり濃い紫ではあったらしいが、ひらひらしたパンツと、紫の地に黄色の水玉の蝶ネクタイのセットは、いくらなんでも恥ずかしいと感じたことは忘れていなかった。それに体の前が黒くて、背中がショッキングピンクで、裾にぐるりと黒いレースがついたワンピースも、ひどくびっくりさせられたので、薫の記憶に残っている。とはいえ、トヨ子自身はおしゃれには基本的に関心がなかった、と男は思う。よく言えば、時代を超越した服、わるく言えば、どんな時代でも舞台衣装にしか見えない服を平然と着ていたのもおしゃれに無関心だったからこそで、本人がなんら気にしていないとなると、ふしぎなことに、まわりも気にしなくなる。母親の手によるものだとしても、そして金を払う客の立場ではないとしても、実質的には毎日、オートクチュールの服を着ていたことになるのだから、今どき、これほどの贅沢はなかった、とも考えられる。

トヨ子のやつ、むかしより派手になってたんだろうか。だけど銀行では、制服に着替えたんだろ？

少し心配になって男が聞くと、薫は顔をあげ、得意そうに答えた。ちょうど変声期を迎えたばかりの、不安定な声だった。

だって、ニューヨークのマンハッタンに本店がある、アメリカのでかい銀行だよ。

制服なんかない。どんな服を着てても、かまわなかったんだ。

それから口ごもって、付け足した。

……まあ、トヨちゃんはただの事務員だったけど。

真っ赤な口紅を塗り、安物の大きなイヤリングをつけ、ギリシャ鼻には細いメガネを引っかけ、ハイヒールを履いたトヨ子。せっかくアメリカの銀行に転職しても、あまりに地味な、はしっこの、昇進の見込みなどまったくない高卒の事務員に過ぎなかったから、なにを着てもだれひとり気にかけず、無視されて、だからますますトヨ子は目立つ服装を好むようになった。そういうことだったのか。トヨ子の母親も銀行内の事情をぼんやりとながらもわかっていて、子持ちの銀行員である娘に、できるだけ派手な服を選んで着せていたのだろうか。まだ充分に若いトヨ子が運良くだれかと出会い、再婚できたら、と願って。

男といっしょに暮らしていたころのトヨ子は、まあまあの服を着て、地元の信用金庫に勤めていた。あの時期、母親と会う機会が少なかったから、手作りの服はあまり母親から渡されることがなかったのだろう。男と別れたあと、アメリカの大手の銀行に移った。そのほうが、離婚後、赤んぼを抱えていても働きやすかった。もしかしたら、転職の際、トヨ子の大柄な外見がアメリカの銀行で好感を持たれたのかもしれない、とも男は思うが、それはないだろう、とすぐに考え直す。

薫はこんなことも言った。

ときどき、マンハッタンの本店からえらそうな連中が銀行に来るんだけど、トヨちゃんみたいな日本人の事務員はまるっきり無視して、つむじ風みたいに通りすぎるだけだって。ぴかぴかひかってて、こわくて、顔もあげられない。トヨちゃんたちは大名行列の前で土下座しているようなものだって。そいつらのなかには女もいるんだけど、金髪で、すごく高そうな本格的なスーツで決めてたって。トヨちゃんはスーツなんか持ってなかった。ばあちゃんにはスーツは作れなかったんだ。

男はもう一度、水を飲む。男のリンゴジュースのコップももう空になっている。

酔っ払ったトヨ子の頬はほんのり赤くなる。そして、いくらでもビールを飲みつづけ、笑い上戸になる。顎を突きだして話すのがくせで、そのため高慢な印象をひとに与える。ニューヨークの話をするときには、きっと思いきり鼻をふくらませていたことだろう。

ニューヨークのことならなにからなにまで知っている、などと言いはじめたのは、当然、マンハッタンに本店がある銀行で働いていたからだったにちがいない。まわりも、銀行の名前を聞くと、わあ、すごい、だったらそのうち、ニューヨークの本店勤務になるの？　あなたって英語もぺらぺらなの？　と勝手に期待する。負けん気の強いトヨ子は、まわりの想像をおもしろがって、それに自分を合わせようとする。真っ赤な口紅をわざと選ぶ。ベリーショートにした髪の毛をワックスでつんつんに突っ立てる。そんなトヨ子を、男は容易に思い浮かべることができる。わずかな期間だったにせよ、男はトヨ子の結婚相手だったのだから。かつて信用金庫の客だった男がトヨ子の顔に見とれて、自分から声をかけたのだったから。けれど、トヨ子の体は大きくて、背丈が百七十センチぐらいあり、ハイヒールをトヨ子が履くと、男のほうが見上げる形になった。そのトヨ子が暴れれば、男は逃げるしかなかった。

中学生の薫の顔をはじめて見たとき、薫がトヨ子ではなく、自分に似ていることに落胆した。トヨ子の子どもなのだと思っていたから、愚かにも、トヨ子に再会できるかのような胸の弾みを感じていた。けれど実際に会ってみれば、薫は男の子どもでもあった。だんごっ鼻に狭い額、はればったい瞼。トヨ子は毎日この薫を通じて、いやでも男を思い出させられていたのだろうか。薫の無愛想なところだけは、トヨ子にそっくりだった。無愛想なのはトヨ子の母親も同様で、電話を受けても気分次第で、今、いません、とだけ言い、切ってしまうことがある。トヨ子とつきあいはじめたころから、そうだった。今はケータイというものがあるが、薫はまだケータイを持っていない。トヨ子は仕事でコンピュータに食傷してしまい、オフの時間はできるだけアナログの世界で過ごしていたので、薫にもケータイを買ってやらなかった。電話を取りついでくれない母親には、いじわるをしているつもりはない。面倒なだけだ。それはわかっていたが、男にとって不便きわまりなかった。

だけど、トヨ子はニューヨークに行ったこともないんだろ？

男がトヨ子と言うたびに、薫は男を睨みつけた。おまえにはそんなふうに呼ぶ資格はない、とでも言いたげに。でも、薫は薫で、自分の母親をトヨちゃんなどと呼んでいる。それがトヨ子の希望だったという。男は薫に言ってやりたかった。別れたがったのはトヨ子で、おまえと会わせようとしなかったのもトヨ子だったんだ、おれを恨むのはやめてくれ、と。おまえと会えなかったけれど、おれは金を送りつづけていた。父親として知らんふりはさすがにできなかったから、はじめは毎月、現金書留で二、三万ずつ送金した。ところが、だんだん忘れがちになり、一年分をまとめたつもりで、十万円、あるいはふところ具合によって七、八万円を送るようになった。

薫という息子の存在を、妻に打ち明けてはいるものの、トヨ子への送金に関しては内緒にしていたので、男にはそのぐらいしか用意できなかった。トヨ子は礼も言わなかったが、突き返してもこなかった。どっちにしろ、ささやかすぎる金額で、わざわざそれを薫に言うのは気が引けた。薫は金額までトヨ子から聞いて知っているのだろうか。

ばかげてるよな。それでみんな、まんまとだまされていたのか？　トヨ子のお仲間はニューヨークがどこにあるのかも知らないような連中だったってことか。今どき、ニューヨークなんか、あっという間に行けるのに。

そのように言う男も、じつはニューヨークに行ったことがない。トヨ子と正式に離婚してからほどなくして再婚し、ふたりの子どもができた。今は七歳と四歳になっているが、その子どもたちと妻を置いて、ひとりで気ままに外国旅行に出るなどできるわけがない。仕事にしても、海外への出張とはまったく縁がない。

ちがうよ。思いがけず、薫が小さな、かすれた声で言い返した。トヨちゃんはちゃんと、だけどわたしはニューヨークに行ったことはないんだけどねって、すぐに自分でばらした。すると、みんな笑った。冗談の一種だったんだ。でも必ず、いつかは行くんだって、トヨちゃんはいつも言ってた。そのために、ニューヨークの地図を頭に全部入れてあるんだって。

ふん、それも、あり得ないな。ニューヨークは東京と同じぐらい大きな都会なんだ。渋谷とか、新宿のことだけを考えたって、あそこにある店を全部おぼえるなんて無理なのはわかるだろう？

男はそこまで言って、口をつぐんだ。目の前の薫は疲れきったように肩を落とし、うなだれている。母親を失った子どもを相手に、なんておとなげない、と自分が情けなくなった。それだけ男は動揺しているのだった。頑丈そのものにしか見えなかったトヨ子が、これほどあっけなく死んでしまうとは、どうにも実感がわかなかった。トヨ子が死ななければ、こうして薫を外に連れだし、話をすることもなかったはずなのに。

ある日、トヨ子の母親から手紙を受け取り、半年前にトヨ子が病死したことを知った。急いで、母親と薫が住む家に行き、トヨ子の真新しい位牌が置いてある小さな仏壇に焼香させてもらった。男の顔を見ても、母親はトヨ子の病気を説明しようとしなかった。いつ発病し、どんな手術を受けたのか受けなかったのか、ふつうは、あとに残された家族がしつこいほど説明したがるものだと思っていたが、母親は不機嫌に口を閉ざしたままだった。男のほうから、母親にトヨ子の病気の経過を聞きただすのもためらわれた。せっかく薫とふたりきりで会っても、なんといってもまだ子どもなので、酷な気がしてやはり聞くことができなかった。そのため今に至るまで、トヨ子はガンで死んだということしか、男にはわからずにいる。わたしが死んだら、薫の父親に連絡して、と病気になったトヨ子は言い、母親は娘が死んだことを男に伝えただけだった。

母親も無口だったが、にぎやかにおしゃべりを楽しんでいるように見えたトヨ子も、思い返すと自分自身のことはほとんどしゃべらなかった。子どものころのこと。学校でのこと。仕事のこと。そのため、いっしょに暮らしたことがあるというのに、男はトヨ子についてほとんどなにも知らなかった。トヨ子の父親はどこに消えてしまったのか、兄弟とか姉妹はいないのか、といったことも知らない。それじゃいったい、当時のトヨ子は男を相手に、なにをしゃべっていたんだろう。そうだ、ピーター・パンの話だった。男は急に思い出す。トヨ子はネバーランドにあこがれ、とりわけタイガー・リリーが気に入っていた。もちろん、ピーター・パンは別格の存在だった。乳母車から落っこちて、それで親とはぐれてしまい、おとなになることをやめてしまった男の子。まだ若かったトヨ子の胸の奥にあるなにが、そんなピーター・パンを引き寄せていたのか、今さらながら気になりはじめる。

男が知っているかぎり、トヨ子にはとくに親しい友だちというものもいなかった。学校で、仕事場で、よけいなおしゃべりには加わらず、いつも超然と、でもやるべきことは几帳面に片づけて、ひとりで家に戻っていくトヨ子の大柄な姿を、男は想像する。ところが、薫が七歳か八歳になったころから、トヨ子は自分と同じ母子家庭の女たちと居酒屋に行くことを楽しみにしはじめたという。

薫に聞くと、保育園ではなく、学校の放課後に保護が必要な子どもたちを預かる「学童クラブ」なるもので知り合った母親たちだった。トヨ子より五歳ぐらい年上の、文房具を作る会社に勤める女がいて、薫はこの女から色鉛筆やノート、スケッチブックなどをもらった。この女には、薫と同じ学年の女の子と年子の男の子がいた。トヨ子と同年配で、息子がひとりいる女もいた。給食を作る仕事をしていた。ほかは、はっきりおぼえていない。そのうちのだれかが実家のある田舎に戻り、もうひとりが都内のほかの地域に引っ越しをしたりして、薫が十一歳か、十二歳になったころには、もう居酒屋の集まりは消えていた。

居酒屋で、子どもたちは互いに仲よく過ごしたかと言えば、そんなことはなく、ゲームをする子、マンガを読む子、雑誌の付録の模型を組み立てる子と、ばらばらだった。薫も退屈しのぎに、色鉛筆を使ってノートに絵を描いたりしていたけれど、トヨ子の声は聞き逃さなかった。ほかの母親たちの話には興味がなかったので聞き流していたし、聞いていたとしても理解できなかっただろう。どちらにせよ、どの女にも情けないほど男っ気がなく、お金にも余裕がなく、子どもの勉強にはそれなりに気を配っているつもりだったらしいが、実際には手がまわらず、学校まかせだった。生活に追われる女たちは子どもの学校に近づくこともなかった。少なくとも、トヨ子はみごとに一度も、薫のクラスに姿をあらわさずじまいだった。薫もそれを不満に感じることはなかった。授業参観日などに集まるほかの母親たちは、薫にとって、実体のない、埃のような生きものだった。

薫がまだトヨ子のおなかにいた時期に、男とトヨ子は別れた。トヨ子が食事中にとつぜん怒りだし、それをなだめようと男がなにか言ったら、トヨ子はますます高ぶって、食卓のうえの皿を料理ごとつぎつぎ男に投げつけ、さらにおなかの大きな身で椅子を振りまわし、男はたまらず部屋から逃げだした。それでも男は離婚など考えてもいなかった。つぎの日になれば、ふたたび、おだやかな日常が戻ってくる、と信じていた。けれど、トヨ子はさっさと荷物をまとめて、その夜、同じ都内にある自分の母親のもとに戻ってしまった。男がなにを言おうが、何度あやまろうが、トヨ子はもう振り向きもしなかった。

そのように、男はトヨ子と別れたときの様子を薫に説明した。薫はしかし、トヨ子が話したのとそれはかなりちがう、と言った。薫が聞いたのは、こんな話だった。

トヨちゃんと男がいっしょに暮らしはじめたつぎの日に、夕飯をトヨちゃんはとても張りきって用意した。それなのに、薫の父親がえらそうに、そのおかずに文句をつけた。トヨちゃんは頭に来て、ちゃぶ台を勢いよくひっくり返してやった。そして荷物をまとめて、ばあちゃんのもとに戻った。だから、トヨちゃんの結婚生活は実質上、たった一日に過ぎなかった。

うーん、いくらなんでも、そりゃ話をおもしろく作りすぎだ。おれたち、一年ぐらいはいっしょに暮らしたと思うよ。

男が言うと、薫は口を尖らせて、睨み返した。

だって、この話、トヨちゃんは何度もしゃべってた。トヨちゃんらしいねって、みんな喜んだよ。トヨちゃんもそう言われて、笑ってた。

まあ、一日だろうが、一年だろうが、同じようなものか。

男はつぶやいた。そう、なにがちがうんだ、と自分に言い聞かせた。そんなことはどうでもよくて、肝心なのは、トヨ子がなぜ、あれほど男に腹を立てたのか、その理由を今でも男がつかめていないことなのだ。

まだ大学院に通っている身だった。トヨ子は二十七歳で、すでに信用金庫のベテランになりつつあった。親からの仕送りのほかに、男はトヨ子からも小遣いていどの金をもらっていた。気前のよい女になりたがるトヨ子が男に金を押しつけるから、それを受け取っただけで、男のほうからそんな金を望んだことはない。とは言っても、親からの仕送りとアルバイトの収入しかないくせに、トヨ子のおなかをふくらませ、父親になろうとした男は、やはり、なにか肝心なものが欠けた存在だったのだろう。大学院で修士号を取れば有利な条件で就職でき、トヨ子を安心させることができるのだから、と浅はかにも考えていた。トヨ子との結婚に対して、男の両親は猛反対だったが、男は気にしなかった。区役所からもらってきた婚姻届の薄っぺらな用紙を、トヨ子に見せたときの高揚感。そのとき、トヨ子はどんな顔をしていたのだろう。うかつなことに、男は慎重に見きわめようとしなかった。そしてトヨ子は覚悟を決めてだったのか、観念してだったのか、男がすでに借りて住んでいたアパートの部屋に越してきた。運んできた荷物があまりに少ないので、男はびっくりさせられた。奇妙に頑固で、潔癖なところのあるトヨ子は、男の部屋をそれまで訪れたことがなかった。やがて、トヨ子は妊娠した。

店員が男のテーブルに近づいてきて、薫が残した空のコップを持ち去っていく。近くの大きなテーブルで、赤んぼが泣いている。ほかのテーブルでは、女の子たちが悲鳴のような声をあげて爆笑する。そろそろ、ここを立ち去るべきなのかもしれない。男は思うが、立ち上がれない。尿意も感じている。ここに入ってから何時間経つのだろう。とりあえずトイレに行ってから、もう一度、ドリンクバーでジュースをもらってくればいいのかとも思う。けれど、男には席を離れることができない。

それで、これからのことだけど……。

ためらった挙げ句、男は薫に言った。言わないわけにはいかなかった。それが目的で会ったのだから。すると薫はすぐさま、男に言い放った。

おれは絶対、ばあちゃんから離れないからな。

男はうろたえて、薫から眼をそらし、つぶやいた。

わかってるよ。おれが今さらおまえを引き取れるわけがないんだし。だけど、金は送るから、行きたい高校に行けよ。大学にも行ったほうがいい。ただでさえ、まともな仕事を見つけるのが大変な世の中なんだから。

顔を思いきりゆがめて、薫は男を見つめた。驚いたことに、その眼が急にふくらみ、透明な水がこぼれ落ち、そして鼻の脇から口の端に流れた。一瞬、男は息ができなくなった。少しして、ようやく口を開いた。

いや、ごめん。……これからも、おまえとときどき会いたいって言いたかっただけだよ。父親だなんて、思わなくてもいいから。トヨ子のこと、もっと聞きたいんだ。トヨ子はほんとにかっこよかったもんな。

さいわい、薫はしぶしぶとながら、うなずき返してくれた。そして乱暴に、自分の顔を濡らした涙を片手でぬぐい取った。男はうわずった声で言いつづけた。

ニューヨークと言えば、同時多発テロのときなんか、トヨ子はどうしてたんだ？ おまえはまだ小さすぎて、おぼえてないか。戦争とか、地震とか、それに放射能とか、とんでもないことがいろいろ起こるよな。でも、それとは関係なく、トヨ子はおそろしく目立つ服を着て、ビールも飲んで、ニューヨークの地図を見ながら、マンハッタンに本店がある銀行で働きつづけていたんだな。

薫はふたたびうなずいた。

トヨ子はほかにどんな話をしてたんだ？ ピーター・パンの話は？ タイガー・リリーとか？

眉をひそめて、薫は考えこみ、それから低い声で答えた。

小さかったころ、聞かされたような気がするけど、よくわかんない。……それより、トヨちゃんは居酒屋でぐちってたよ。男にもてたいのに、全然もてないって。

へえ、それはちょっと意外だな。

男は内心ほっとしながら、薫に言った。なんとかこれで、薫の涙を回避できたらしい。

薫の話によると、酔っ払ったトヨ子はどうして男たちが自分をいやがるのか理解できない、と嘆きつづけたという。

こんないい女はなかなかいないのに、どうしてよ。つまんないったらない。わたしのどこが変なの？　こんなすてきなトヨちゃんに眼もくれないって、男たちはなにをしているのよ。

文房具の会社に勤める女だったか、ほかの女だったか、トヨ子に何度も言い聞かせた。

ニューヨークに行けば、きっと、いくらでもボーイフレンドができるわよ。トヨちゃんはやっぱり、ニューヨークに行くべきなんだと思うよ。日本にいたら、トヨちゃんは体が大きいって言われるかもしれないけど、あっちじゃ、そんなことない。

トヨ子はそう言われ、恥かしそうに笑って、うなずき返した。

ふうん、そうだったのか、わたしはやっぱりアメリカサイズなんだ。だったら、日本の男なんか、蹴っ飛ばしてやる。よし、トヨちゃん、宣言しちゃう。四十歳になるまでには必ず、ニューヨークに行く！　それまでに、あと四年。へへ、すてきな目標ができちゃった。

けれどトヨ子は四十歳になっても、ニューヨークに行かなかった。あいかわらずの地味な毎日を送りつづけていた。本気で行こうと思えば、簡単に行けただろうに、動こうとしなかった。お金の問題ではなかっただろうし、休暇がとくに取りにくかったわけでもないだろう。母親がいるのだから、留守中の薫についても心配はない。四、五日ていどの観光旅行で行くなんてことは目ざしていなかったのかもしれないし、単に、いざとなると英語が苦手な身で心細くなったのかもしれない。だけど、ニューヨークの地図が頭に入っているのなら、迷子になるおそれはないわけで、だったら、ひとりきりだろうが、とにかく行ってみればよかったのに。トヨ子よ、どうして踏みきれなかったんだ？　男は半年前に死んでしまったトヨ子のためらいがもどかしくなり、その背中を押してやりたくなる。

四十歳が近づいたとき、女友だちから、前に言ってたニューヨーク宣言はどうしたの、もう期限が来ちゃうわよ、と聞かれ、トヨ子は答えたという。

やあね、もうそんな年になっちゃったなんて。いいわ、それじゃちょっと延長して、四十五歳までに行くことにする。ほんと、必ず、四十五歳までにはニューヨークに行く！

けれど、トヨ子は四十二歳でこの世を去ることになってしまった。

薫のうしろ姿が、男の眼の隅をかすめる。まだ、あいつ、ここにいたのか。男は驚いて立ちあがる。反動で、椅子が床に倒れる。椅子はそのままに、男はファミリーレストランの出入り口に眼を向ける。見知らぬ少年がちょうど、自動ドアから外に出て行こうとしていた。まだ十歳ぐらいの小さな男の子だ。

これからでも、薫を追いかけたほうがいいのか。そうするべきなのか。男は首をかしげる。いや、もう間に合わないだろう。さっき見届けた薫のうしろ姿、ジーンズを穿き、黒い、くたびれたTシャツを着たうしろ姿を男は思い出す。十四歳になったばかりの体はまだ子どもらしさを残し、頭が大きく、背丈だけがひょろひょろと伸びていた。男の知らない十四年の時間が、ひとりの人間の肉体として呼吸をし、なにかを考え、自分の足で確実に歩いている、と思ったら、そのとき、男の喉から声が漏れた。

立ちあがった男はまだ、レストランの出入り口を見つめている。自動ドアから、トヨ子が勤めていた銀行の、マンハッタンにある本店から訪れた幹部たちが入ってくる。高級なスーツに革のアタッシェケースを持った、無表情な男たち。ぴかぴかひかる素材のスーツを着こなす、金髪の、化粧の濃い女たち。アメリカ映画で見たことがあるような光景。その一行を迎えて、東京の支店長をはじめとする上級の行員が一列に並び、そのうしろのほうにトヨ子たち事務員が並び、頭を深く下げている。みな、じっと動かず、声も出さない。眼に浮かぶ映画にそっくりなシーンから行員たちの姿を取り除き、顔を知らない事務員たちも消し去り、ひとり残ったトヨ子の横顔を、男はのぞき見る。真っ赤な口紅を塗った口を固く閉ざし、トヨ子は床を睨みつづけている。その顔には恨みも、怒りもなく、ただ悲しみが冷たい霧のように漂う。

トヨ子はニューヨークにあこがれていたわけじゃなかった。ふと、男は思い当たり、身を震わせる。ニューヨークに行くつもりもなかった。トヨ子はニューヨークに仕返しをしたいだけだった。ニューヨークを自分の体に呑みこんでやりたかった。薫をひとりで産んだ以上、おとなになるまでトヨ子が働いて、支えつづけなければならないという重荷と疲労が、ニューヨークの雪になって厚く積もっていた。今の銀行を辞めたら、容易に仕事が見つからないだろうから、ひたすらがまんして、しがみついていなければならないというあきらめ、恨みが、ニューヨークの風になって吹いていた。どうあがこうが、トヨ子には近づくこともできない世界があることのふしぎさも、あるいは、若かったころ、人生になにを期待していたのだろうという失望も、ニューヨークの空を重くおおっていた。でも暗い雲がちぎれて、裂け目が大きくなれば、そこからまぶしい青空がひろがる。それは、トヨ子にとって、足の小指、耳たぶ、まつげの一本に至るまで、その体のすべてが愛しい、薫という息子が生きていくべき領分なのだ。

わたしは音をあげたりしない。わたしはニューヨークより大きいんだ。

トヨ子は壁に貼ったニューヨークの地図を見つめながら、つぶやきつづけた。

トヨ子、こんな推測はまちがっているか？

照れ隠しに口を曲げてみせるトヨ子の顔と、男が好きだったトヨ子の豊かな胸と、贅肉のつきかかったおなかのふわふわした感触がよみがえってくる。

床に倒れた椅子に気がつき、男は椅子をもとの場所に戻しながら、思わず涙ぐむ。これから、おれはなにをすればいいんだろう。薫にケータイを買ってやるのが、最優先か。いや、その前にばあちゃんから許可をもらう必要があるだろう。ばあちゃんの機嫌を損ねないよう、もっといろんな話をしなければ。金のことがあるので、妻とも相談しなければならない。過去の話だったはずが、急に十四歳の薫という現実が目の前にあらわれ、妻は複雑な思いになり、死んでしまったトヨ子に遅まきながら嫉妬し、男を憎むようになるのかもしれない。妻とのふたりの子どもたちが、兄の薫と会う日は、いったい本当に訪れるのだろうか。あの子たちは薫を受け入れることができるのか。

男は店内を見渡す。日曜日の夕方、店内には子どもの数が増え、ますますにぎやかになっている。

編者あとがき

本書は、『群像』二〇一四年二月号の特集「変愛《ヘンアイ》小説集」を書籍化したものだ。翻訳アンソロジー『変愛《ヘンアイ》小説集』の日本版を誌上で作る、私が編者となって、好きな作家の方々に好きなように「変愛《ヘンアイ》小説」を書き下ろしていただく、そういう企画だった。それができあがったときの私の思いについては、すでに「前口上」で太字で叫んでしまったので、あとがきで言うべきことは、もうあまり残っていない。

そもそも作家と翻訳者の関係は、よく「主人と奴隷」にたとえられる。翻訳者にとって、作家と作家の言葉は絶対だ。ひたすら作家と作品に仕え、翻訳作品ができあがったあとは、自分など存在しなかったかのように読み手が作品を楽しんでくれることを無上の喜びとする。そんな奴隷的性分の人間がなるのが翻訳者という職業なのだ。

それはなにも自分が翻訳する作家だけにかぎらない。似ているように見えて、作家と翻訳者とでは、やっていることはまったくちがう。自分の内側から物語を生み出すことのできる作家という人々は、それだけで奇跡のような、神様みたいな存在に思える。すくなくとも私にとってはそうだ。

作家にリクエストをして小説を書いてもらうというのは、だから私にとっては主客転倒の倒錯的な行為で、何かいけないことをしているようでドキドキした。ドキドキしつつ、ワクワクした。けっきょく私は、まだ見ぬ面白いものを読みたい一心で、作家のみなさんにラブレターを送っただけだったのかもしれない。願いがかなえられたいま、奴隷はもういつ死んでもいいくらいの幸福に満たされている。


以下、ごく簡単に、一つずつの作品と作者について紹介する。

愛を描くにあたって物語のさまざまな枠組みを軽々と飛び越える、という意味で、川上弘美はまちがいなく日本を代表する変愛《ヘンアイ》小説の書き手だ。「形見」は、大陸の位置すら今とは変わってしまうほどの遠い未来、人が生殖を経ずに〈工場〉で作られるようになった世界が舞台だ。夫婦も、親子も、きょうだいも、あらゆる結びつきが今よりもずっと希薄になり、執着や激しい情念の存在しない水墨画のような世界は、ユートピアなのか、その逆なのか。だが、どれほど命の形が変わってもなお人と人のあいだに淡く通う愛のようなものが、静かに胸を打つ。

飛び越えるといえば、多和田葉子もまた日本語の枠を越え、日本語という言語を外側から揺さぶりつづける作家だ。**「韋駄天どこまでも」**では、夫に先立たれた〈東田一子〉が、華道教室で知り合った若く美しい〈東田十子〉に心を惹かれ、大地震を引き金として心身ともに結びつく——のだが、物語の筋とはべつに文字そのものが生き物のようにうごめき、立ち上がり、実体化するスリリングな試みがなされている。人が字になり字が人になる性愛のシーンは、文学史上おそらく前例のない超絶的なものだが、他の言語に翻訳するのにも超絶技巧を要しそうで、震える。

短編集『嵐のピクニック』をはじめ、数々の変愛《ヘンアイ》小説を精力的に生み出している本谷有希子の**「藁の夫」**では、夫が文字通り藁でできている。おしゃれで優しくてBMWに乗っている（でも藁でできている）素敵な夫との、絵に描いたように幸福な暮らし。けれどもつるりとした平穏な日常に、ふとした瞬間に裂け目が生じ、その奥から見知らぬ不穏なものが顔をのぞかせる。ちょうど藁の隙間から夫の〈中身〉がぼろぼろこぼれ出すように。鮮やかに燃える火のイメージが恐ろしく美しい。

デビュー以来、オーソドックスな姿をしていない恋愛、性器を介さない新しい形の性愛を繰り返し描いてきた村田沙耶香は、日本版『変愛《ヘンアイ》小説集』を編むと決めたときから書いてほしいと願っていた作家だ。**「トリプル」**は、二人ではなく三人でする恋愛を心地よいと感じる高校生たちの話だ。大人たちはそれを〈3P〉〈輪姦〉〈淫乱〉

と醜い言葉でなじるが、あらゆる穴と体液を使ってする彼らのセックスは、まるでナメクジの交尾のように神秘的で美しく、清らかささえ漂う。

吉田知子の「箱の夫」（『箱の夫』収録）は、小さい（たぶん一升瓶ほどの大きさ）夫とヒトの妻の結びつきを、ありふれた日常のディテールを積み重ねるようにして描いていて、私の中で変愛《ヘンアイ》小説のバイブルのような作品なので、今回**「ほくろ毛」**を寄せていただいてとても嬉しい。ファミレスでアルバイトをする三十代独身の彩乃。吉兆である〈ほくろ毛〉が生えて、幸せの予感に浮き立つ彼女の前に現れた〈カレ〉は本当に運命の相手なのか、それとも彼女の寄る辺のなさが見せる幻想なのか。どちらにせよクリスマスの街を高揚感に包まれて歩く彼女は、すでに半分異界の住人になっているように見える。

深堀骨は、十年ほど前に『アマチャ・ズルチャ　柴刈天神前風土記』という異様に面白い奇想短編集を一冊出したきり行方が知れず、もしや架空の人物だったのではと疑惑を抱いていたが、今回実在が確認されたうえに新作まで読むことができて、望外の喜びだ。**「逆毛のトメ」**は、ヴァギナにコルクスクリューを仕込んだコルク抜き人形としてこの世に生を受けた美少女ドールのトメが踊り子としての自我に目覚める旅を描く。ちなみに作者によると、この作品は二十年前にタイトルだけ思いついたまま今まで寝かせておいたものだそうで、構想二十年ということになる。

「カウンターイルミネーション」の安藤桃子は映画監督として知られるが、私の中ではラテンアメリカの香りのする骨太な短編小説を書く人として有名である。探検家の〈私〉は、とある未開の部族の村に滞在し、そこでおぞましい儀式を経験する。自国に戻ったあとも、いちど宇宙の暗黒の力とつながってしまった〈私〉の心は、麻薬のように闇との同化を渇望しつづける。ちなみにカウンターイルミネーションとは、深海魚がカモフラージュのために腹面を発光させて、自らを海面の色と同化させることを指す。

吉田篤弘は、言葉が凍って落ちる街や、作家の書く三人称を天から司る鼠など、美しい奇想に彩られた物語を数多く書くが、恋や愛を正面から描くことは、じつはめったにない。**「梯子の上から世界は何度だって生まれ変わる」**は、世界じゅうの電球の死と再生に立ち会ってきた〈電球交換士〉の男と、口から〈風景〉を吐き出す病に冒された女の物語だ。時間のない絵の中で永遠の生=死を生きるのと、時間の側にとどまって限りある生を生きるのと、はたしてどちらが幸福なのだろう。哀切なラブストーリー、でも同時に生と死、時間と永遠をめぐる考察でもある。

小池昌代の小説の中で私がとりわけ好きなのは「つの」（『ことば汁』収録）で、老詩人への恋心を隠してかしずく孤独な中年の女性秘書が、嫉妬と欲望からついには鹿に変身する話だ。「男鹿」もまた定年まぢかの孤独な女が主人公だ。つねに足に合わない靴をはき、靴をはくことが苦痛でしかなかったが、一人のシューフィッターとの出会いで何かが大きく変わっていく。ここでの〈靴〉は生き方そのものであり、何やらエロチックな気配も漂う。最後にぴったりの靴をはいてついに本当の生を生きはじめる〈わたし〉、ここでも最後にケモノがあらわれる。

星野智幸「クエルボ」の語り手は、定年退職した初老の男。妻と一緒に通うタンゴ教室でも、家庭でも、元同僚たちとのサークルでも、いまひとつ心楽しまず居場所がない。そんな彼が心を通わせたのはカラス。気づくと何かに駆り立てられるように金属ハンガーを拾い集め、鉄塔に登りはじめている……。編者個人は〈平和の使者〉とか言われていい気になっている鳩よりカラスのほうが断然好きなので、語り手にとても共感するが、最後のさらなる半ひねりにはびっくりした。ちなみに「クエルボ」とはスペイン語で「カラス」の意。

夫を殺した女の情念が放電する馬の形となって一本道を疾走する、という津島佑子の「電気馬」(『電気馬』収録)は、私にとっての変愛《ヘンアイ》オールタイム・ベストであるのみならず、その疾駆する電気馬が「変愛《ヘンアイ》」そのものを象徴するイメージになってさえいる。「ニューヨーク、ニューヨーク」は、今はもうこの世にない一人の女の思い出を、彼女の元夫と遺《のこ》された中学生の息子が語り合う。しだいに明らかになる彼女の孤独や哀しみやささやかな矜持や希望は、でもはたして彼女だけのものなのだろうか、もしかしたら私たちみんなが心の奥に抱えているものなのではないだろうか。

最後になったが、素晴らしい作品を寄せてくださったみなさんに、あらためて心よりお礼を申し上げます。

そしてこの機会を与えてくださった『群像』編集部の佐藤とし子さん、北村文乃さん、書籍化を担当してくださった松岡智美さんに感謝をささげます。

岸本佐知子

文庫版あとがき

本書は、二〇一四年九月に刊行された『変愛《ヘンアイ》小説集　日本作家編』の文庫版である。文庫化に際して、一部再録のかなわなかった作品があることをここにお断りしておく。

文庫版を作るにあたっては、講談社の渡部達郎さんにお世話になった。この場を借りてお礼を申し上げます。

二〇一八年　四月

岸本佐知子

編者

岸本佐知子　きしもと　さちこ

翻訳家。訳書にルシア・ベルリン『掃除婦のための手引き書』『すべての月、すべての年』『楽園の夕べ』、リディア・デイヴィス『話の終わり』『ほとんど記憶のない女』、ミランダ・ジュライ『いちばんここに似合う人』『最初の悪い男』、ショーン・タン『内なる町から来た話』『セミ』、スティーヴン・ミルハウザー『エドウィン・マルハウス』、ジャネット・ウィンターソン『灯台守の話』、ジョージ・ソーンダーズ『短くて恐ろしいフィルの時代』『十二月の十日』など多数。編訳書に『居心地の悪い部屋』『楽しい夜』ほか、著書に『わからない』『死ぬまでに行きたい海』『ひみつのしつもん』ほか。2007年、『ねにもつタイプ』で講談社エッセイ賞を受賞。

著者プロフィール（収録順）

川上弘美　かわかみ　ひろみ
1958年生まれ。'96年「蛇を踏む」で芥川賞、'99年『神様』でBunkamuraドゥマゴ文学賞と紫式部文学賞、'00年『溺レる』で伊藤整文学賞と女流文学賞、'01年『センセイの鞄』で谷崎潤一郎賞、'07年『真鶴』で芸術選奨文部科学大臣賞、'15年『水声』で読売文学賞、'16年『大きな鳥にさらわれないよう』で泉鏡花文学賞、'23年『恋ははかない、あるいは、プールの底のステーキ』で野間文芸賞を受賞。

多和田葉子　たわだ　ようこ
1960年生まれ。'91年「かかとを失くして」で第34回群像新人文学賞、'93年「犬婿入り」で芥川賞を受賞。'96年、ドイツ語での文学活動に対しシャミッソー文学賞を授与される。'11年『雪の練習生』で野間文芸賞、'13年『雲をつかむ話』で読売文学賞と芸術選奨文部科学大臣賞、'16年、ドイツのクライスト賞を日本人で初めて受賞し、'18年『献灯使』で全米図書賞翻訳文学部門、'20年朝日賞を受賞。近著に『太陽諸島』がある。

本谷有希子　もとや　ゆきこ
1979年生まれ。「劇団、本谷有希子」主宰。'07年に『遭難、』で鶴屋南北戯曲賞、'09年には『幸せ最高ありがとうマジで!』で岸田國士戯曲賞を受賞。'11年『ぬるい毒』で野間文芸新人賞、'13年『嵐のピクニック』で大江健三郎賞、'14年『自分を好きになる方法』で三島由紀夫賞、'16年『異類婚姻譚』で芥川賞を受賞。近著に『静かに、ねぇ、静かに』『あなたにオススメの』『セルフィの死』がある。

村田沙耶香　むらた　さやか
1979年生まれ。'03年「授乳」で第46回群像新人文学賞優秀作、'09年『ギンイロノウタ』で野間文芸新人賞、'13年『しろいろの街の、その骨の体温の』で三島由紀夫賞、'16年『コンビニ人間』で芥川賞を受賞。近著に、『地球星人』『生命式』『変半身』『丸の内魔法少女ミラクリーナ』『信仰』などがある。

吉田知子　よしだ　ともこ
1934年生まれ。'70年「無明長夜」で芥川賞を受賞。'84年「満州は知らない」で女流文学賞、'92年「お供え」で川端康成文学賞、'99年『箱の夫』で泉鏡花文学賞、'00年、中日文化賞を受賞。他の著書に『吉田知子選集』（Ⅰ）～（Ⅲ）など。

深堀　骨　ふかぼり　ほね

1966年生まれ。'92年、生涯初の創作「蚯蚓、赤ん坊、あるいは砂糖水の沼」が都筑道夫、小池真理子両氏の絶賛を浴び、第3回ハヤカワ・ミステリ・コンテストに佳作入選。以来、『ミステリマガジン』『SFマガジン』『群像』などで中短編を発表する。主な作品に『アマチャ・ズルチャ　柴刈天神前風土記』『腿太郎伝説（人呼んで、腿伝）』などがある。

安藤桃子　あんどう　ももこ

1982年生まれ。ロンドン大学芸術学部を次席で卒業し、ニューヨークで映画作りを学ぶ。'10年、監督・脚本を務めた『カケラ』でデビュー。同作はロンドンと東京で同時公開された。'11年、初の書き下ろし長編小説『0・5ミリ』で作家デビューし、自ら映画化も手がけた。現在は高知県に移住。映画館「キネマM」代表。

吉田篤弘　よしだ　あつひろ

1962年生まれ。小説を執筆しつつ、「クラフト・エヴィング商會」名義で著作とデザインを行う。'01年講談社出版文化賞・ブックデザイン賞を受賞。著書に『つむじ風食堂の夜』『なにごともなく、晴天。』『空ばかり見ていた』『ソラシド』『台所のラジオ』『ブランケット・ブルームの星型乗車券』『遠くの街に犬の吠える』『京都で考えた』『金曜日の本』『中庭のオレンジ』『鯨オーケストラ』『十字路のあるところ』『羽あるもの』など。

小池昌代　こいけ　まさよ

1959年生まれ。'97年詩集『永遠に来ないバス』で現代詩花椿賞、'00年詩集『もっとも官能的な部屋』で高見順賞、'01年『屋上への誘惑』で講談社エッセイ賞、'07年「タタド」で川端康成文学賞、'10年詩集『コルカタ』で萩原朔太郎賞、'14年『たまもの』で泉鏡花文学賞を受賞。おもな作品に『感光生活』『弦と響』『野笑 Noemi』『幼年水の町』『赤牛と質量』『影を歩く』『かきがら』『あの子』『くたかけ』などがある。

星野智幸　ほしの　ともゆき
1965年生まれ。'97年『最後の吐息』で文藝賞を受賞しデビュー。'00年『目覚めよと人魚は歌う』で三島由紀夫賞、'03年『ファンタジスタ』で野間文芸新人賞、'11年『俺俺』で大江健三郎賞、'15年『夜は終わらない』で読売文学賞、'18年『焰』で谷崎潤一郎賞を受賞。他の作品に『だまされ屋さん』『植物忌』『ひとでなし』などがある。

津島佑子　つしま　ゆうこ
1947年生まれ。'78年『寵児』で女流文学賞、'79年『光の領分』で野間文芸新人賞、'83年『黙市』で川端康成文学賞、'87年『夜の光に追われて』で読売文学賞、'98年『火の山—山猿記』で谷崎潤一郎賞と野間文芸賞を受賞。他の著書に『あまりに野蛮な』『葦舟、飛んだ』『黄金の夢の歌』『ヤマネコ・ドーム』などがある。'16年逝去。

本書は二〇一四年九月、小社より刊行された
単行本を、一部改編して文庫化したものです。

変愛小説集《ヘンアイしょうせつしゅう》　日本作家編《にほんさつかへん》

岸本佐知子《きしもとさちこ》 編

川上弘美《かわかみひろみ》｜多和田葉子《たわだようこ》｜本谷有希子《もとやゆきこ》｜
村田沙耶香《むらたさやか》｜吉田知子《よしだともこ》｜深堀《ふかほり》 骨《ほね》｜安藤桃子《あんどうももこ》｜
吉田篤弘《よしだあつひろ》｜小池昌代《こいけまさよ》｜星野智幸《ほしのともゆき》｜津島佑子《つしまゆうこ》

2018年5月15日第1刷発行
2025年3月4日第4刷発行

発行者——篠木和久
発行所——株式会社　講談社
東京都文京区音羽2-12-21　〒112-8001
電話　出版　(03)　5395-3510
　　　販売　(03)　5395-5817
　　　業務　(03)　5395-3615

Printed in Japan

講談社文庫
定価はカバーに
表示してあります

KODANSHA

デザイン—菊地信義
本文データ制作—講談社デジタル製作
印刷———株式会社KPSプロダクツ
製本———株式会社KPSプロダクツ

ISBN978-4-06-293914-0

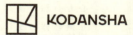

講談社文庫刊行の辞

二十一世紀の到来を目睫に望みながら、われわれはいま、人類史上かつて例を見ない巨大な転換期をむかえようとしている。

世界も、日本も、激動の予兆に対する期待とおののきを内に蔵して、未知の時代に歩み入ろうとしている。このときにあたり、創業の人野間清治の「ナショナル・エデュケイター」への志を現代に甦らせようと意図して、われわれはここに古今の文芸作品はいうまでもなく、ひろく人文・社会・自然の諸科学から東西の名著を網羅する、新しい綜合文庫の発刊を決意した。

激動の転換期はまた断絶の時代である。われわれは戦後二十五年間の出版文化のありかたへの深い反省をこめて、この断絶の時代にあえて人間的な持続を求めようとする。いたずらに浮薄な商業主義のあだ花を追い求めることなく、長期にわたって良書に生命をあたえようとつとめるところにしか、今後の出版文化の真の繁栄はあり得ないと信じるからである。

同時にわれわれはこの綜合文庫の刊行を通じて、人文・社会・自然の諸科学が、結局人間の学にほかならないことを立証しようと願っている。かつて知識とは、「汝自身を知る」ことにつきていた。現代社会の瑣末な情報の氾濫のなかから、力強い知識の源泉を掘り起し、技術文明のただなかに、生きた人間の姿を復活させること。それこそわれわれの切なる希求である。

われわれは権威に盲従せず、俗流に媚びることなく、渾然一体となって日本の「草の根」をかたちづくる若く新しい世代の人々に、心をこめてこの新しい綜合文庫をおくり届けたい。それは知識の泉であるとともに感受性のふるさとであり、もっとも有機的に組織され、社会に開かれた万人のための大学をめざしている。大方の支援と協力を衷心より切望してやまない。

一九七一年七月

野間省一

講談社文庫　目録

清武英利 石つぶて〈警視庁 二課刑事の残したもの〉
清武英利 しんがり〈山一證券 最後の12人〉
清武英利 トッカイ〈不良債権特別回収部〉
喜多喜久 ビギナーズ・ラボ
岸見一郎 哲学人生問答
木下昌輝 つわもの
黒岩重吾 新装版 古代史への旅
栗本　薫 新装版 ぼくらの時代
黒柳徹子 窓ぎわのトットちゃん 新組版
倉知　淳 新装版 星降り山荘の殺人
熊谷達也 浜の甚兵衛
熊谷達也 悼みの海
倉阪鬼一郎 八丁堀の忍
倉阪鬼一郎 八丁堀の忍(二)〈大川端の死闘〉
倉阪鬼一郎 八丁堀の忍(三)〈遥かなる故郷〉
倉阪鬼一郎 八丁堀の忍(四)〈隻腕の抜け忍〉
倉阪鬼一郎 八丁堀の忍(五)〈討伐隊、動く〉
倉阪鬼一郎 八丁堀の忍(六)〈死闘、裏伊賀〉
黒田研二 神様の思惑

黒木　渚 壁の鹿
黒木　渚 本性
黒木　渚 檸檬の棘
久坂部　羊 祝葬
黒澤いづみ 人間に向いてない
久賀理世 奇譚蒐集家 小泉八雲〈白衣の女〉
久賀理世 奇譚蒐集家 小泉八雲〈終わりなき夜に〉
雲居るい 破《は》蕾《らい》
鯨井あめ 晴れ、時々くらげを呼ぶ
鯨井あめ アイアムマイヒーロー!
鯨井あめ きらめきを落としても
窪　美澄 私は女になりたい
くどうれいん うたうおばけ
くどうれいん 虎のたましい人魚の涙
黒崎視音 マインド・チェンバー〈警視庁心理捜査官〉
決戦!シリーズ 決戦!関ヶ原
決戦!シリーズ 決戦!大坂城
決戦!シリーズ 決戦!本能寺
決戦!シリーズ 決戦!川中島

決戦!シリーズ 決戦!桶狭間
決戦!シリーズ 決戦!関ヶ原2
決戦!シリーズ 決戦!新選組
決戦!シリーズ 決戦!賤ヶ岳
決戦!シリーズ 決戦!忠臣蔵
決戦!シリーズ 風雲〈戦国アンソロジー〉
小峰　元 アルキメデスは手を汚さない
今野　敏 ST 警視庁科学特捜班 エピソード1〈新装版〉
今野　敏 ST 警視庁科学特捜班 毒物殺人〈新装版〉
今野　敏 ST 警視庁科学特捜班〈黒いモスクワ〉
今野　敏 ST 警視庁科学特捜班〈青の調査ファイル〉
今野　敏 ST 警視庁科学特捜班〈赤の調査ファイル〉
今野　敏 ST 警視庁科学特捜班〈黄の調査ファイル〉
今野　敏 ST 警視庁科学特捜班〈緑の調査ファイル〉
今野　敏 ST 警視庁科学特捜班〈黒の調査ファイル〉
今野　敏 ST 為朝伝説殺人ファイル〈警視庁科学特捜班〉
今野　敏 ST 桃太郎伝説殺人ファイル〈警視庁科学特捜班〉
今野　敏 ST 沖ノ島伝説殺人ファイル〈警視庁科学特捜班〉
今野　敏 ST 化合 エピソード0〈警視庁科学特捜班〉

講談社文庫　目録

今野　敏　ST プロフェッション〈警視庁科学特捜班〉
今野　敏　特殊防諜班　諜報潜入
今野　敏　特殊防諜班　聖域炎上
今野　敏　特殊防諜班　最終特命
今野　敏　茶室殺人伝説
今野　敏　奏者水滸伝　白の暗殺教団
今野　敏　同　期
今野　敏　欠　落
今野　敏　変　幻
今野　敏　警視庁FC
今野　敏　カットバック　警視庁FCII
今野　敏　継続捜査ゼミ
今野　敏　エムエス〈継続捜査ゼミ2〉
今野　敏　蓬　莱〈新装版〉
今野　敏　イコン〈新装版〉
今野　敏　天を測る
後藤正治　拗《す》ね者たらん〈本田靖春　人と作品〉
幸田　文　崩　れ
幸田　文　季節のかたみ

幸田　文　台所のおと〈新装版〉
小池真理子　冬の伽藍
小池真理子　夏の吐息
小池真理子　千日のマリア
五味太郎　大人問題
鴻上尚史　あなたの魅力を演出するちょっとしたヒント
鴻上尚史　鴻上尚史の俳優入門
鴻上尚史　青空に飛ぶ
小泉武夫　納豆の快楽
近藤史人　藤田嗣治「異邦人」の生涯
小前　亮　趙《ちょう》匡《きょう》胤《いん》〈宋の太祖〉
小前　亮　始皇帝の永遠〈天下一統〉
小前　亮　劉《りゅう》裕《ゆう》〈豪剣の皇帝〉
小前　亮　ヌルハチ〈朔北の将星〉
香月日輪　妖怪アパートの幽雅な日常①
香月日輪　妖怪アパートの幽雅な日常②
香月日輪　妖怪アパートの幽雅な日常③
香月日輪　妖怪アパートの幽雅な日常④
香月日輪　妖怪アパートの幽雅な日常⑤

香月日輪　妖怪アパートの幽雅な日常⑥
香月日輪　妖怪アパートの幽雅な日常⑦
香月日輪　妖怪アパートの幽雅な日常⑧
香月日輪　妖怪アパートの幽雅な日常⑨
香月日輪　妖怪アパートの幽雅な日常⑩
香月日輪　妖怪アパートの幽雅な食卓〈るり子さんのお料理日記〉
香月日輪　妖怪アパートの幽雅な人々〈妖アパミニガイド〉
香月日輪　妖怪アパートの幽雅な日常〈ラスベガス外伝〉
香月日輪　大江戸妖怪かわら版①〈異界より落ち来る者あり〉
香月日輪　大江戸妖怪かわら版②〈異界より落ち来る者あり　其之二〉
香月日輪　大江戸妖怪かわら版③〈封印の娘〉
香月日輪　大江戸妖怪かわら版④〈天空の竜宮城〉
香月日輪　大江戸妖怪かわら版⑤〈雀、大浪花に行く〉
香月日輪　大江戸妖怪かわら版⑥〈魔狼、月に吠える〉
香月日輪　大江戸妖怪かわら版⑦〈大江戸散歩〉
香月日輪　地獄堂霊界通信①
香月日輪　地獄堂霊界通信②
香月日輪　地獄堂霊界通信③
香月日輪　地獄堂霊界通信④

佐野　晶／三田紀房・原作　小説アルキメデスの大戦
澤村伊智　恐怖小説キリカ
さいとう・たかを／戸川猪佐武　原作　歴史劇画　大宰相〈第一巻　吉田茂の闘争〉
さいとう・たかを／戸川猪佐武　原作　歴史劇画　大宰相〈第二巻　鳩山一郎の悲運〉
さいとう・たかを／戸川猪佐武　原作　歴史劇画　大宰相〈第三巻　岸信介の強腕〉
さいとう・たかを／戸川猪佐武　原作　歴史劇画　大宰相〈第四巻　池田勇人と佐藤栄作の激突〉
さいとう・たかを／戸川猪佐武　原作　歴史劇画　大宰相〈第五巻　田中角栄の革命〉
さいとう・たかを／戸川猪佐武　原作　歴史劇画　大宰相〈第六巻　三木武夫の挑戦〉
さいとう・たかを／戸川猪佐武　原作　歴史劇画　大宰相〈第七巻　福田赳夫の復讐〉
さいとう・たかを／戸川猪佐武　原作　歴史劇画　大宰相〈第八巻　大平正芳の決断〉
さいとう・たかを／戸川猪佐武　原作　歴史劇画　大宰相〈第九巻　鈴木善幸の苦悩〉
さいとう・たかを／戸川猪佐武　原作　歴史劇画　大宰相〈第十巻　中曽根康弘の野望〉
佐藤　優　人生の役に立つ聖書の名言
佐藤　優　戦時下の外交官〈ナチス・ドイツの崩壊を目撃した吉野文六〉
佐藤　優　人生のサバイバル力
斉藤詠一　到達不能極
斉藤詠一　クメールの瞳
斉藤詠一　レーテーの大河
佐々木実　竹中平蔵　市場と権力　「改革」に憑かれた経済学者の肖像

斎藤千輪　神楽坂つきみ茶屋〈禁断の盃《さかずき》と絶品江戸レシピ〉
斎藤千輪　神楽坂つきみ茶屋2〈突然のピンチと喜寿の祝い膳〉
斎藤千輪　神楽坂つきみ茶屋3〈想い人に捧げる鍋料理〉
斎藤千輪　神楽坂つきみ茶屋4〈頂上決戦の七夕料理〉
斎藤千輪　神楽坂つきみ茶屋5〈奄美の殿様料理〉
作画：蔡志忠／監修：和田武司／訳：野末陳平　マンガ　孔子の思想
作画：蔡志忠／監修：和田武司／訳：野末陳平　マンガ　老荘の思想
作画：蔡志忠／監修：和田武司／訳：野末陳平　マンガ　孫子・韓非子の思想
佐野広実　わたしが消える
佐野広実　誰かがこの町で
紗倉まな　春、死なん
桜木紫乃　凍原
桜木紫乃　氷の轍
桜木紫乃　起終点駅《ターミナル》
桜木紫乃　霧
司馬遼太郎　新装版　播磨灘物語　全四冊
司馬遼太郎　新装版　箱根の坂(上)(中)(下)
司馬遼太郎　新装版　アームストロング砲
司馬遼太郎　新装版　歳月(上)(下)

司馬遼太郎　新装版　おれは権現
司馬遼太郎　新装版　大坂侍
司馬遼太郎　新装版　北斗の人(上)(下)
司馬遼太郎　新装版　軍師二人
司馬遼太郎　新装版　真説宮本武蔵
司馬遼太郎　新装版　最後の伊賀者
司馬遼太郎　新装版　俄(上)(下)
司馬遼太郎　新装版　尻啖え孫市(上)(下)
司馬遼太郎　新装版　王城の護衛者
司馬遼太郎　新装版　妖怪(上)(下)
司馬遼太郎　新装版　風の武士(上)(下)
司馬遼太郎　戦雲の夢〈レジェンド歴史時代小説〉
司馬遼太郎／海音寺潮五郎　新装版　日本歴史を点検する
司馬遼太郎／井上ひさし　新装版　国家・宗教・日本人
司馬遼太郎／陳舜臣／金達寿　新装版　歴史の交差路にて〈日本・中国・朝鮮〉
柴田錬三郎　お江戸日本橋(上)(下)
柴田錬三郎　貧乏同心御用帳
柴田錬三郎　新装版　岡っ引どぶ〈柴錬捕物帖〉
柴田錬三郎　新装版　顔十郎罷り通る(上)(下)

2024年12月13日現在